Anonymer Verfasser

Der Mann von vierzig Talern

Aus dem Französischen übersetzt

Anonymer Verfasser

Der Mann von vierzig Talern
Aus dem Französischen übersetzt

ISBN/EAN: 9783743458154

Hergestellt in Europa, USA, Kanada, Australien, Japan

Cover: Foto ©Andreas Hilbeck / pixelio.de

Manufactured and distributed by brebook publishing software (www.brebook.com)

Anonymer Verfasser

Der Mann von vierzig Talern

Der Mann von vierzig Thalern.

Aus dem Französischen übersezt.

1768.

Der Mann
von vierzig Thalern.

Ein alter Mann, der sich immer über die jezigen Zeiten beklagt und die vorigen herausstreicht, hielt folgendes Gespräch mit mir: Mein Freund, Frankreich ist gegenwärtig so reich nicht, als es unter Heinrich dem Vierten gewesen ist. Wie so? Das Feld wird nicht mehr so gut gebaut, es felt an Leuten dazu, der Tagelöner läßt sich viel theurer bezalen, und daher kömmts, daß viele Bauren ihre Erbgüter brache liegen laßen.

Woher kömmt dieser Mängel an Handarbeitern? Daher, weil ein jeder, der sich zu etwas geschickt fand, die Stikkerei, den Meißel, die Seidenarbeit ergriff, oder ein Steinhauer, ein Uhrmacher, ein Procurator, oder ein Gottesgelehrter geworden ist; weil die Wiederrufung des Edikts von Nantes das Reich sehr ler gemacht, und die Mönche und Ordensleute sich vermehrt haben. Ein jeder flohe die schwere Arbeit und den Ackerbau. Gott hat uns zwar dazu lassen geboren werden, aber wir finden eine Schande darin; so klug sind wir geworden.

Eine andre Ursach unsrer Armuth liegt in der Vermehrung unsrer Bedürfnisse. Wir müssen unsern Nachbaren vier Millionen für einen Artikel bezalen, fünf oder sechse für einen andern, um ein stinkendes Pulver in unsre Nase zu bringen, das aus Amerika kömmt. Der Kaffee, der Thee, die Chocolade, die Scharlachfarbe, der Indigo, die Gewürze, kosten uns järlich mehr als 60 Millionen. Alles das war zu Heinrichs des Vierten Zeiten unbekannt, bis auf die Gewürze, denn die brauchte man fast eben so stark. Wir brennen hundertmal mehr Wachslicht, und nehmen mehr, als die Hälfte von Fremden, weil wir unsre Bienenzucht vernachläßigen. Wir sehn hundertmal mehr Diamanten an den Ohren und Händen unsrer Frauenzimmer in Paris und andern großen Städten, als alle Dames von Heinrich des Vierten Hofe, die Königin mitgerechnet, nicht trugen. Und fast alle diese überflüßige Sachen haben wir mit barem Gelde bezalen müssen.

Bemerken Sie vornehmlich, wir bezalen mehr denn funfzehn Millionen Renten auf das
Hotel

Hotel de Ville *) an Fremde. Heinrich der Vierte fand deren, da er den Thron bestieg, an zwei Millionen überhaupt, und zalte weislich einen Theil davon ab, um den Stat von dieser Last zu befreien.

Erwägen sie, daß durch unsre bürgerlichen Kriege die Mexikanischen Schäze in Frankreich ausgestreut wurden, als Don Philippo el Discretto Frankreich kaufen wollte; und daß seit dieser Zeit die auswärtigen Kriege uns von der Hälfte unsres Geldes geholfen haben.

Dis sind nun zum Theil die Ursachen unsrer Armuth. Wir verbergen dieselbe unter einem äussern Glanze und durch die Erfindung der Modenhändler; wir verstehn mit Geschmakke arm zu sein; wir haben Financiers, Entrepreneurs, Negocianten, die sehr reich sind; ihre Kinder, ihre Schwiegersöne sind sehr reich; die Nation überhaupt aber ists nicht.

Der gute Greis mogte in allen diesen nun Recht haben oder nicht, seine Rede machte aber einen tiefen Eindruck bei mir; denn der Pfarrer meines Kirchspiels, der sonst immer viel Freundschaft für mich gehabt hat, hat mir ein wenig

*) Ist das Rathhaus, oder vielmehr die Kämmerei zu Paris, welche viele liegende Gründe, starke Einnahmen und großes Geldverker, Capitalien, auch eine Lotterie hat, welche alle 4 Wochen gezogen wird, beständig complet ist und sechzig tausend Billets, jedes zu sechs Thaler acht Groschen, nach unsrem Gelde gerechnet, hat.

Geometrie und Historie gelernt, und ich fange an zu denken, welches in meiner Provinz was seltnes ist. Ich weiß nicht, ob er in allen Recht hat; Aber da ich sehr arm bin, so kostete mirs wenig Mühe zu glauben, daß ich viele meines gleichen hätte. *)

Unglükk des Mannes von vierzig Thalern.

Es ist mir angenehm der Welt bekannt zu machen, daß ich ein Landgut habe, welches mir gerade

*) Die Frau von Maintenon, die in alles dieses sehr gute Einsichten hat, (ausgenommen in dem Fache, über welches sie dem heimtückischen und proceßfertigen Abt Gobelin zu Rathe zog) macht in einem ihrer Briefe den Ueberschlag von der Hauswirthschaft ihres Bruders und seiner Frau Anno 1680. Mann und Frau hatten die Miethe für ein sehr wohlgelegnes Haus zu bezalen, hatten zehn Domestiquen, vier Pferde, zwei Kutscher, und hielten täglich einen guten Tisch. Das bringt gedachte Frau von Maintenon alles heraus auf 9000 Francs järlich, nimmt 3000 Livres an zu Spielgeldern, und was vom Herrn und der Frau auf Schauspiele, beifällige Ausgaben und den Pracht verwandt wird.

Itzt müßte man 40000 Livres haben um auf den Fuß in Paris leben zu können. Zu Heinrichs des Vierten Zeiten wären sechstausend genung gewesen. Dieses Beyspiel erweiset hinlängliche, daß der alte gute Mann eben nicht ungescheut schwatzte.

gerade vierzig Thaler eintragen würde, wenn die Taxe nicht wäre, nach welcher der Tribut abgefordert wird.

Es erschienen verschiedene Edikte von gewissen Personen, die nach ihrer Bequemlichkeit den Stat hinter dem Ofen regiren. Die Vorred: zu diesen Verordnungen war, daß die gesezgebende und ausübende Macht nach göttlichen Rechten zu Miteigenthümern des Landes bestellt sei, und daß ich ihr wenigstens die Hälfte von dem schuldig sei, was ich verzere. Vor einem solchen ungeheuren Magen der gesezgebenden und ausübenden Gewalt, machte ich ein großes Kreuz. Was würde wohl geschehn, wenn diese Macht, welche der wesentlichen Ordnung der Gesellschaften vorsteht, mein Land ganz hätte? Eins ist noch mehr göttlichen Rechts, als das andere.

Der Herr General-Controlleur weiß, daß ich sonst in allen nichts mehr als 12 Livres bezalte, und daß mir auch diese Steuer schon zu schwer fiel, daß ichs nicht würde haben aushalten können, wenn mir Gott nicht das Geschikk gegeben hätte weidne Körbe zu verfertigen, die mir noch in meinem Elende aushelfen, wie könnte ich also auf einmal dem Könige zwanzig Thaler geben.

Die neuen Ministers sezten wieder in ihre Vorrede, man sollte blos die Ländereien taxiren, denn alles komme aus der Erde, bis auf den Regen.

gen. Also wären es bloß die Früchte der Erden, von welchen die Auflage entrichtet werden soll.

Einer ihrer Amtsbedienten kam zu mir im leztern Kriege; er forderte auf mein Antheil 3 Maß *) Roggen und einen Sack Bonen, welches in allen zwanzig Thaler ausmachte. Dis sollte zum Behuf des Krieges sein den man fürte, und davon ich mein Tage die Ursach nicht erfaren habe, als daß man etwan gesagt hat; in diesem Kriege sei für meine Gegend nichts zu gewinnen, aber alles zu verlieren. Da ich nun damals weder Korn, noch Bonen, noch Geld hatte, so ließ mich die gesezgebende und ausübende Gewalt ins Gefängniß sezen; und man fürte den Krieg so gut man konnte.

Als ich aus meinem Kerker wieder herauskam, wie ein Geribbe, das aus Haut und Knochen bestand, begegnete mir ein aufgeblasener vergoldeter Herr in einer Kutsche mit sechs Pferden. Er hatte 7 Laquaien, und gab jedem noch einmal so viel Lon, als ich Einkommen habe. Sein Haushofmeister, vergoldet wie er, hatte zweitausend Francs järliche Besoldung, und stal ihm noch zwanzig tausend dazu. Seine Maitresse kostete ihm vierzig tausend Thaler in sechs Monath. Ich hatte ihm sonst zu einer Zeit gekannt, da er noch nicht so reich war als ich: Er gestand mir auch, um mich zu trösten, daß er viermal hundert tausend Livres Einkünfte hätte.

*) Septies enthält 12 Scheffel nach unserm Maß.

hätte. Sie bezalen also, sagte ich darauf, zweimal hundert tausend davon an den Stat, um den vortheilhaften Krieg zu unterstüzen, welchen wir füren. Denn ich, der ich nur gerade hundert zwanzig Livres habe, muß davon die Hälfte hergeben.

Ich, erwiederte er, ich sollte dem State contribuiren? Sie scherzen mein Freund. Ich habe von einen Onkel geerbt, der 8 Millionen in Cadix und in Surate gewonnen hatte; ich habe keinen Fingerbreit Landes; Mein ganzes Vermögen steht auf Contracten, auf Wechseln die zur Stelle bezalt werden. Ich bin dem State nichts schuldig. Sie, mein Herr, müssen die Hälfte ihres Unterhalts geben, da sie Ländereien besizen. Begreifen sie denn nicht, daß wenn der Finanzminister von mir nur einigen Beitrag zum Besten des Vaterlands forderte, so müßte er einfältig sein und nicht rechnen können: Denn alles kömmt ja aus der Erde; das Geld und die Wechsel sind blos Pfänder des Umsazes. Anstatt, daß ich in Pharao auf eine Karte hundert Maß Korn, hundert Ochsen, tausend Schafe und zweihundert Säkke Haber seze, so spiele ich mit Geldtüten, die diese ekelhafte Eßwaren vorstellen. Wenn man nun den einzigen Impost der möglich ist, auf diese Waren gelegt hat, und wollte mir hernach auch noch Geld abfordern; sehn sie denn nicht, daß das eine doppelte Zalung wäre, hieße das nicht ein und dasselbe zweimal fordern. Mein Vater-

Vaterbruder verkaufte zu Cadix für zwei Millionen von eurem Getraide, und für zwei Millionen Zeuge, die von eurer Wolle gearbeitet waren. Er gewann mehr als hundert pro Cent an diesen beiden Artikeln. Sie begreifen doch, daß dieser Vortheil von Ländereien gezogen wurde, die schon Auflagen hatten. Was mein Onkel für zehn Sous von euch kaufte, das verkaufte er wieder um vierzig Francs in Mexiko, und, nach Bestreitung aller Kosten, kam er mit acht Millionen wieder.

Sie sehn wohl, daß es eine abscheuliche Ungerechtigkeit sein würde, ihm nur einige Heller von den zehn Sous abzufordern, die er an euch gab. Wann zwanzig Neffen wie ich, deren Vaterbruder in der guten Zeit, jeder acht Millionen in Mexiko, in Buenos Aires, in Lima, in Surate oder in Pondichery gewonnen hätten, leder dem State nur zweimal hunderttausend Francs vorstrekften, wenn das Vaterland Geld nöthig hätte, das würde vier Millionen austragen. Welche Abscheulichkeit! Bezalen sie, mein Freund, der sie in Ruhe ein bares und reines Einkommen von vierzig Thalern genießen; sein sie dem Vaterlande recht nuzbar, und kommen sie zuweilen zu mir und essen mit meinen Leuten.

Dieses Gespräch ließ sich hören, es machte mir auch viel Kopfbrechens, aber es tröstete mich nicht im geringsten.

Unter-

Unterhaltung mit einem Meß-künstler.

Es geht zuweilen so, man kann nichts einwenden und kann doch auch nicht glauben. Man wird zum Stillschweigen gebracht, und konnte doch nicht überzeugt werden. Man fült in seinem Gemüthe einen Zweifel, einen Wiederstand, der uns das anzunehmen verhindert, was man uns dargethan hat. Ein Meßkünstler wird uns beweisen, daß man zwischen einem Cirkel und einer geraden daran streifenden Linie, eine unendliche Menge krumme Linien ziehen kann, aber nicht eine einzige gerade. Unsre Augen, unser Verstand sagen das Gegentheil. Der Meßkünstler erwiedert ganz ernsthaft, daß dis ein Infinitum der zweiten Ordnung sei. Man schweigt stille dazu und geht ganz stuzig davon, ohne sich die geringste Vorstellung machen zu können, man begreift nichts und weiß nichts zu antworten.

Man befrägt sich also bey einem andern Meßkünstler, der gutherziger ist, und das Geheimniß erklärt. Wir nehmen, spricht er, etwas an, was eigentlich in der Natur nicht sein kann, Linien, die eine Länge ohne Breite haben. Es ist, mit den Naturlehrern zu reden, unmöglich, daß eine wirkliche Linie durch die andre gehe, sie durchschneide. Keine wirkliche Linie, sie sei krum oder gerade, kann zwischen zwei Linien durchlaufen die sich berüren, das sind blos

Spiele

Spiele des Verstandes, Geschöpfe der Einbildungskraft. Und die wahre Geometrie ist die Kunst, Dinge zu messen, welche wirklich vorhanden sind.

Ich war sehr zufrieden mit der Offenherzigkeit dieses weisen Mathematikers, und ich mußte lachen, daß es Windmacherei sogar in der Wissenschaft giebt, die man die tiefe Wissenschaft nennt.

Mein Meßkünstler war ein philosophischer Bürger, der mich zuweilen würdigte in meiner Hütte mit mir zu plaudern. Ich sagte zu ihm: Mein Herr, sie haben sich die Mühe gegeben, die Pariser Dumköpfe, über die wichtigste Angelegenheit der Menschen zu unterrichten, über die Dauer des menschlichen Lebens. Durch sie hat das Ministerium erst eingesehen, was es denen, die auf Zeitlebens Renten genießen, nach ihren verschiedenen Altern geben soll. Sie hatten auch einen Vorschlag gethan, den Häusern in der Stadt Wasser zu verschaffen, daran sie Mangel leiden, um uns nicht ferner der Schande und dem Gelächter blos zu stellen, daß wir immer nach Wasser schreien, und Weiber in einen länglichen Reifen eingeschlossen sehen, die zwei Eimer mit dreißig Pfund Wasser bis ins vierte Stokwerk zu einem Privatmanne tragen. Erweisen sie mir die Freundschaft und sagen mir, wieviel es lebendige Geschöpfe mit zwei Händen und zwei Füßen in Frankreich giebt.

Der

Der Meßkünſtler.

Man ſchäzt Frankreich zu zwanzig Millionen Menſchen. Ich will dieſe Berechnung ſo lange annehmen, da ſie wenigſtens ſehr warſcheinlich iſt. *) Es wäre leicht ſie einmal zu berichtigen. Aber man denkt nicht immer auf alles.

Der Mann von vierzig Thalern.

Wieviel glauben ſie wohl, daß ganz Frankreich Morgen Landes enthält?

Der Meßkünſtler.

Hundert und dreißig Millionen; davon aber iſt faſt die Hälfte theils zu Städten und Dörfern, zu unnüzen Klöſtern, Luſtgärten, die mehr angenehm als nüzlich ſind, angewandt; theils iſt es Heide, Geſträuche, Moräſte, Sand, unfruchtbarer Boden, wüſtliegendes, oder ſchlechtes, oder übelbeſtelltes Land. Man könnte ganz ſicher die Berechnung der eigentlichen Ländereien bis auf fünf und ſiebenzig Millionen Quadrat-Morgen herunterſetzen. Aber wir wollen doch

---

*) Es erhellet dieſes aus den Aufſäzen der Intendanten, die gegen Ende des 17ten Jarhunderts verfertiget ſind, wenn man ſie mit dem Verzeichniße der Feuerſtäte vergleichet, welches auf Ordre des Grafen d'Argenſon gemacht wurde, und beſonders mit dem Werke des Herrn von Mezence, das unter der Aufſicht des Herrn Intendanten de la Michaudiere, eines ſehr einſichtsvollen Mannes, mit vieler Genauigkeit verfertiget wurde.

doch 80 Millionen annehmen. Man kann seinem Vaterlande nicht zu viel zu Gefallen thun.

Der Mann von vierzig Thalern.

Wieviel meinen sie wol, daß jeder Morgen, ein Jar ins andre gerechnet, einbringt; was Korn, allerhand Gesäme, Wein, Teiche, Gehölze, Metalle, Viehzucht, Früchte, Wolle, Seide, Milch, Oel, nach Abzug aller Kösten, eintragen, ohne die Auflagen mitzurechnen?

Der Meßkünstler.

Ja, wenn ein jeder Morgen fünf und zwanzig Livres bringt, das wäre schon viel. Wir wollen dreißig Livres sezen, um unsre Mitbürger nicht muthlos zu machen. Es giebt Morgen, deren Produkte sich immer im Werthe erhöhn, die man zu dreihundert Livres schäzt, andre, die nur drei Livres einbringen. Die mittlere Proportional-Grösse zwischen 3 und 300 ist 30; denn sie sehen wohl, daß 3 gegen 30 sich verhält wie 30 gegen 300. Es ist war, wenn viele Morgen zu 30 und sehr wenig zu 300 Livres wären, so würde unsre Rechnung nicht eintreffen. Aber wie gesagt, ich wills nicht zu weit treiben.

Der Mann von vierzig Thalern.

Nun, mein Herr, was werden diese achtzig Millionen Morgen eintragen, in Gelde gerechnet?

Der

Der Meßkünstler.

Die Rechnung ist gleich gemacht. Es beträgt järlich zweitausend vierhundert Millionen Livres, nach heutigen Cours angenommen.

Der Mann von vierzig Thalern.

Ich habe gelesen, daß Salomon allein fünf und zwanzig tausend Millionen bar Geld besaß; und gewiß circuliren nicht zweitausend vierhundert Millionen in ganz Frankreich, welches man mir doch viel größer und reicher beschrieben hat, als das Land Salomons.

Der Meßkünstler.

Das ist eben das Geheimniß. Es ist gegenwärtig ein Umlauf von neun hundert Millionen Geldes im Königreiche. Indem dis Geld nun von Hand zu Hand geht, so ist es hinreichend alle Waren und Arbeiten damit zu bezalen. Derselbe Thaler kann tausendmal aus der Tasche des Landmanns in die Hand des Gastwirths und des Steuereinnehmers kommen.

Der Mann von vierzig Thalern.

Das ist war. Aber sie sagten mir, daß wir, Männer, Weiber, Greise und Kinder gerechnet, zwanzig Millionen wären: Um Vergebung, wie viel kömmt wohl auf jeden?

Der Meßkünstler.

Hundert und zwanzig Livres oder vierzig Thaler.

Der

Der Mann von vierzig Thalern.

Sie haben gerade mein Einkommen getrofen. Ich habe vier Morgen, welche die Jare, da das Land ruhet, mit denen eingerechnet, da es trägt, mir hundert und zwanzig Livres einbringen. Das ist wenig genung. Aber wie nun, wenn wir alle gleiche Theile hätten, wie in der goldenen Zeit, so hätte jeder järlich nicht mehr als fünf Louisd'or?

Der Meßkünstler.

Nichts mehr nach unsrer Rechnung, die doch immer ein wenig hoch angenommen ist. So ist es aber mit uns Menschen. Unser Leben und unsre Glüksumstände sind sehr eingeschränkt. Man lebt zu Paris, einen gegen den andern gerechnet, nicht länger als 22 bis 23 Jare, und hat, im Durchschnitt, genommen, nicht mehr als hundert und zwanzig Livres järlich zu verzeren. Ich verstehe nämlich, daß man Narung, Kleidung, Wonung, Meubles, nach dem Maße der Summe von hundert zwanzig Livres hat.

Der Mann von vierzig Thalern.

Ach! was habe ich ihnen denn gethan, daß sie mir also mein Glük und mein Leben nehmen. Ist es war, daß ich nicht länger als drei und zwanzig Jare zu leben habe, wenn ich nicht das Antheil meiner Cameraden stele?

Der

Der Meßkünstler.

Das ist unstreitig in der guten Stadt Paris war. Aber von diesen drei und zwanzig Jaren müssen sie wenigstens noch zehn Jare der Kindheit abrechnen; denn diese Zeit ist kein Genuß, sondern eine Vorbereitung des Lebens, sie ist der Vorhof des Gebäudes; der Baum der noch keine Früchte getragen hat; die Morgendämmerung eines Tages. Ziehen sie nun von den übrigen Jaren die Zeit noch ab, die verschlafen wird, die Zeit, da man lange Weile hat, rechnen sie dazu wenigstens die Hälfte; so bleiben sechs und ein halb Jar, die man im Kummer, im Schmerz, mit einigen Vergnügen und in der Hoffnung zubringt.

Der Mann von vierzig Thalern.

Das Gott erbarm! Ihre Rechnung giebt uns ja kaum drei Jaren unsers Daseins die erträglich sind.

Der Meßkünstler.

Dafür kann ich nicht. Die Natur bekümmert sich wenig um einzelne Wesen. Es giebt andre Insekten, die nur einen Tag leben, deren Gattung aber doch immer fortdauret. Die Natur ist wie jene große Prinzen, die den Verlust von vierzigtausend Mann für nichts rechnen, wenn sie nur zu ihren glorwürdigen Endzwekken gelangen.

B   Der

Der Mann von vierzig Thalern.

Vierzig Thaler, und nur zwei Jahr zu leben! Was dächten sie wol, was vor ein Hülfsmittel gegen diese zwei Lasten unsers Fluchs wäre?

Der Meßkünstler.

In Absicht des längern Lebens, müßte in Paris die Luft gereinigter seyn, die Leute müßten weniger essen, müßten sich mehr Bewegung machen, die Mütter müßten ihre Kinder selbst stillen; man müßte nicht mehr so verkert seyn, und sich vor der Einnimpfung der Blattern fürchten; ich habe dis immer schon gesagt; und was die Glüksumstände betrift, braucht man sich nur zu verheirathen, und Knaben und Mädgens zu zeugen.

Der Mann von vierzig Thalern.

Wie so? Um bequem zu leben, soll ich mein Elend zu dem Elende eines andern gesellen?

Der Meßkünstler.

Wenn fünfe oder sechse ihr Elend zusammen bringen, so machen sie mit einander ein ganz erträgliches Hauswesen aus. Wenn man eine brave Frau, und auch nur zwei Knaben und zwei Mädgens hat, das macht siebenhundert zwanzig Livres in einer solchen kleinen Wirthschaft aus, wie die ihrige ist; wenn es nämlich so gerecht zugeht, und jeder hundertzwanzig Livres Einkommen hat. Ihre Kinder kosten ihnen in den ersten Jahren fast nichts, werden sie groß, so können sie hilfliche Hand leisten, und ihnen fast alle Ausgaben ersparen, und sie leben dann glükklich wie ein Philosoph; voraus gesezt, daß die Herrn, die den Stat regiren nicht etwa die Grausamkeit haben, ihnen für den Mann järlich zwanzig Thaler abzuwakken. Aber das ist eben das Unglükk, wir leben nicht mehr in der goldenen Zeit, wo die Menschen alle von Geburt gleich, auch gleichen Antheil an den saftigen Früchten einer nicht bearbeiteten Erde hatten. Heutiges Tages gehört viel dazu, wenn jedes Wesen mit zwei Händen und zwei Füßen einen Fons zu hundertzwanzig Livres Einkünften haben soll.

Der Mann von vierzig Thalern.

Ach sie ruiniren uns ja ganz! Eben meinten sie ja, daß in einem Lande, wo achzig Millionen ganz guter Boden und zwanzig Millionen Einwoner wären, jeder hundert und zwanzig Livres Renten genüßen soll; und sie nehmen sie uns wieder weg!

Der Meßkünstler.

Ich rechnete nach den Verzeichnissen der goldenen Zeit, und man muß nach der eisernen Zeit rechnen. Es giebt viele Einwoner, die nicht mehr als zehn Thaler werth Einkommen haben, andre, die nicht mehr als vier oder fünf Thaler järlich, und mehr denn sechs Millionen Menschen, die schlechterdings gar nichts haben.

Der Mann von vierzig Thalern.

Aber so müßten sie ja in drei Tagen Hungers sterben.

Der Meßkünstler.

Ganz und gar nicht; die andern, welche ihr Antheil besizen, geben ihnen Arbeit, und theilen mit ihnen. Dadurch wird der Theologe, der Prediger, der Procurator, der Apotheker, der Zuckerbekker, der Comödiant und der Fiacre bezalt. Sie glaubten, sie hätten Ursach sich zu beklagen, daß sie nur hundert zwanzig Livres järlich zu verzeren hätten, die wegen ihrer Taxe von zwölf Francs auf hundert und acht Livres verringert sind; aber betrachten sie nur die Soldaten, die ihr Blut fürs Vaterland hingeben; sie haben täglich vier Sous gerechnet, nicht mehr als drei und sechszig Livres; sie thun sich aber in Cameradschaften zusammen, und leben recht lustig.

Der Mann von vierzig Thalern.

Ein vertriebener Jesuite hat also mehr denn fünfmal soviel, als der Sold eines Soldaten ausmacht. Indeß haben doch die Soldaten dem State mehr Dienste, selbst vor den Augen des Königes, bey Fontenoy, bey Laffeld, bey der Belagerung von Freyburg gethan, als der ehrwürdige Pater la Valette nimmermehr geleistet hat.

Der Meßkünstler.

Das ist allerdings wahr: Es hat so gar jeder Jesuite, nachdem er nun frei ist, mehr auszugeben, als er sonst seinem Kloster nicht kostete. Einige haben auch viel Geld mit kleinen Schriften verdient, die sie gegen die Parlamenter, gegen den Ehrw. Pater Patouillet, und gegen den Ehrw. Pater Nonotte verfertiget haben. Ein jeder sucht in der Welt zu etwas Geschikke zu haben; der eine legt eine Zeugfabrike an, der andre steht einer Porcellainfabrike vor; der versucht sein Glükk mit der Opera; der schreibt eine Zeitung von Kirchensachen, der andre ein bürgerlich Trauerspiel, oder einen Roman im englischen Geschmakk; er ernärt den Kaufmann, der ihm Pappier und den, der ihm die Tinte liefert, den Buchhändler, den Ausrufer; die ohne ihn Allmosen suchen müßten. Kurz es ist blos die Wiedererstattung der hundert und zwanzig Livres an die, welche nichts haben, was den Stat blühend macht.

Der Mann von vierzig Thalern.
Eine schöne Art zu blühen.

Der Meßkünstler.

Es giebt keine andre; in allen Ländern lebt der Arme von dem Reichen. Das ist die Sele aller Künste und Gewerbe. Je arbeitsamer und geschikfter eine Nation ist, desto mehr gewinnet sie von dem Fremden. Wenn wir järlich von den Auswärtigen zehn Millionen zögen, für den Ausschlag den unsre Handlung gegen die ihrige gehalten hat; so würden in zwanzig Jaren zweihundert Millionen mehr im State sein;

das

das wäre in gesezmäßiger Theilung auf jeden Kopf zehn Francs mehr, die einmal bezalt werden, in der Hoffnung noch weit beträchtlichern Gewinnst zu haben. Aber die Handlung hat auch ihre Gränzen wie die Fruchtbarkeit der Erde; sonst würde das ins unendliche fortgehn. Und hernach ists auch so sicher nicht, daß die Balanz unsrer Handlung allemal vortheilhaft für uns steht. Es giebt Zeiten, da wir verlieren.

Der Mann von vierzig Thalern.

Ich habe viel von Bevölkerung reden gehört. Wenn wir noch einmal soviel Kinder zeugten, als bisher; wenn unser Vaterland doppelt so volkreich wäre, wenn wir vierzig Millionen Einwoner statt zwanzig hätten; was würde denn wol werden?

Der Meßkünstler.

Was werden würde? Jeder würde, im Durchschnitt genommen, nicht mehr als zwanzig Thaler zu verzeren haben; oder das Land müßte noch einmal soviel tragen, als bisher; oder es würden noch einmal soviel Armen sein; es müßte noch einmal soviel Arbeitsamkeit und Kunst unter den Einwonern geben; man müßte noch einmal soviel Gewinnst von den Fremden ziehn; oder die Hälfte der Nation müßte nach Amerika geschikt werden; oder eine Hälfte würde die andre auffressen.

Der Mann von vierzig Thalern.

Wir wollen also mit unsern zwanzig Millionen Menschen, und mit unsern hundert zwanzig Livres auf den Mann zufrieden sein. Sie mögen nun vertheilt sein, wie es Gott gefällt: Aber ein solcher Zustand ist betrübt, und ihre eiserne Zeit ist sehr hart.

Der Meßkünstler.

Es geht keinem Volke besser; viele sind noch übler dran. Glauben sie dann, daß in den nordischen Ländern wol soviel da ist, daß man einem jeglichen Einwoner den Werth von hundert zwanzig französischen Livres beilegen könnte? Wenn sie soviel zu besizen gehabt hätten, so würden die Hunnen, die Gothen, die Vandalen und die Franken nicht aus ihrem Vaterlande gewandert sein, um sich anderwärts mit Feuer und Schwert in der Hand niederzulaßen.

Der Mann von vierzig Thalern.

Wenn ich sie reden ließe, so würden sie mir bald weis machen, daß ich mit meinen hundert zwanzig Francs glükklich wäre.

Der Meßkünstler.

Wenn sie glükklich zu sein glaubten, so würden sie es auch sein.

Der Mann von vierzig Thalern.

Man kann sich doch nicht einbilden etwas zu sein, was man nicht ist; oder man müßte verrükkt sein.

doch 80 Millionen annehmen. Man kann seinem Vaterlande nicht zu viel zu Gefallen thun.

Der Mann von vierzig Thalern.

Wieviel meinen sie wol, daß jeder Morgen, ein Jar ins andre gerechnet, einbringt; was Korn, allerhand Gesäme, Wein, Teiche, Gehölze, Metalle, Viehzucht, Früchte, Wolle, Seide, Milch, Oel, nach Abzug aller Kosten, eintragen, ohne die Auflagen mitzurechnen?

Der Meßkünstler.

Ja, wenn ein jeder Morgen fünf und zwanzig Livres bringt, das wäre schon viel. Wir wollen dreißig Livres sezen, um unsre Mitbürger nicht muthlos zu machen. Es giebt Morgen, deren Produkte sich immer im Werthe erhöhn, die man zu dreihundert Livres schäzt, andre, die nur drei Livres einbringen. Die mittlere Proportional-Grösse zwischen 3 und 300 ist 30; denn sie sehen wohl, daß 3 gegen 30 sich verhält wie 30 gegen 300. Es ist war, wenn viele Morgen zu 30 und sehr wenig zu 300 Livres wären, so würde unsre Rechnung nicht eintreffen. Aber wie gesagt, ich wills nicht zu weit treiben.

Der Mann von vierzig Thalern.

Nun, mein Herr, was werden diese achtzig Millionen Morgen eintragen, in Gelde gerechnet?

Der

Der Meßkünstler.

Die Rechnung ist gleich gemacht. Es beträgt järlich zweitausend vierhundert Millionen Livres, nach heutigen Cours angenommen.

Der Mann von vierzig Thalern.

Ich habe gelesen, daß Salomon allein fünf und zwanzig tausend Millionen bar Geld besaß; und gewiß circuliren nicht zweitausend vierhundert Millionen in ganz Frankreich, welches man mir doch viel gröser und reicher beschrieben hat, als das Land Salomons.

Der Meßkünstler.

Das ist eben das Geheimniß. Es ist gegenwärtig ein Umlauf von neun hundert Millionen Geldes im Königreiche. Indem dis Geld nun von Hand zu Hand geht, so ist es hinreichend alle Waren und Arbeiten damit zu bezalen. Derselbe Thaler kann tausendmal aus der Tasche des Landmanns in die Hand des Gastwirths und des Steuereinnehmers kommen.

Der Mann von vierzig Thalern.

Das ist war. Aber sie sagten mir, daß wir, Männer, Weiber, Greise und Kinder gerechnet, zwanzig Millionen wären: Um Vergebung, wie viel kömmt wohl auf jeden?

Der Meßkünstler.

Hundert und zwanzig Livres oder vierzig Thaler.

Der Mann von vierzig Thalern.

Sie haben gerade mein Einkommen getrofsen. Ich habe vier Morgen, welche die Jare, da das Land ruhet, mit denen eingerechnet, da es trägt, mir hundert und zwanzig Livres einbringen. Das ist wenig genung. Aber wie nun, wenn wir alle gleiche Theile hätten, wie in der goldenen Zeit, so hätte jeder järlich nicht mehr als fünf Louisd'or?

Der Meßkünstler.

Nichts mehr nach unsrer Rechnung, die doch immer ein wenig hoch angenommen ist. So ist es aber mit uns Menschen. Unser Leben und unsre Glükksumstände sind sehr eingeschränkt. Man lebt zu Paris, einen gegen den andern gerechnet, nicht länger als 22 bis 23 Jare, und hat, im Durchschnitt, genommen, nicht mehr als hundert und zwanzig Livres järlich zu verzeren. Ich verstehe nämlich, daß man Narung, Kleidung, Wonung, Meubles, nach dem Maße der Summe von hundert zwanzig Livres hat.

Der Mann von vierzig Thalern.

Ach! was habe ich ihnen denn gethan, daß sie mir also mein Glükk und mein Leben nehmen. Ist es war, daß ich nicht länger als drei und zwanzig Jare zu leben habe, wenn ich nicht das Antheil meiner Cameraden stele?

Der

Der Meßkünſtler.

Das iſt unſtreitig in der guten Stadt Paris war. Aber von dieſen drei und zwanzig Jaren müſſen ſie wenigſtens noch zehn Jare der Kindheit abrechnen; denn dieſe Zeit iſt kein Genuß, ſondern eine Vorbereitung des Lebens, ſie iſt der Vorhof des Gebäudes; der Baum der noch keine Früchte getragen hat; die Morgendämmerung eines Tages. Ziehen ſie nun von den übrigen Jaren die Zeit noch ab, die verſchlafen wird, die Zeit, da man lange Weile hat, rechnen ſie dazu wenigſtens die Hälfte; ſo bleiben ſechs und ein halb Jar, die man im Kummer, im Schmerz, mit einigen Vergnügen und in der Hoffnung zubringt.

Der Mann von vierzig Thalern.

Das Gott erbarm! Ihre Rechnung giebt uns ja kaum drei Jaren unſers Daſeins die erträglich ſind.

Der Meßkünſtler.

Dafür kann ich nicht. Die Natur bekümmert ſich wenig um einzelne Weſen. Es giebt andre Inſekten, die nur einen Tag leben, deren Gattung aber doch immer fortbauret. Die Natur iſt wie jene große Prinzen, die den Verluſt von vierzigtauſend Mann für nichts rechnen, wenn ſie nur zu ihren glorwürdigen Endzwekken gelangen.

Der Mann von vierzig Thalern.

Vierzig Thaler, und nur drei Jahr zu leben! Was dächten sie wol, was vor ein Hülfsmittel gegen diese zwei Lasten unsers Fluchs wäre?

Der Meßkünstler.

In Absicht des längern Lebens, müßte in Paris die Luft gereinigter seyn, die Leute müßten weniger essen, müßten sich mehr Bewegung machen, die Mütter müßten ihre Kinder selbst stillen; man müßte nicht mehr so verkert seyn, und sich vor der Einnimpfung der Blattern fürchten; ich habe dis immer schon gesagt; und was die Glüksumstände betrift, braucht man sich nur zu verheirathen, und Knaben und Mädgens zu zeugen.

Der Mann von vierzig Thalern.

Wie so? Um bequem zu leben, soll ich mein Elend zu dem Elende eines andern gesellen?

Der Meßkünstler.

Wenn fünfe oder sechse ihr Elend zusammen bringen; so machen sie mit einander ein ganz erträgliches Hauswesen aus. Wenn man eine brave Frau, und auch nur zwei Knaben und zwei Mädgens hat, das macht siebenhundert zwanzig Livres in einer solchen kleinen Wirthschaft aus, wie die ihrige ist; wenn es nämlich so gerecht zugeht, und jeder hundertzwanzig Livres Einkommen hat. Ihre Kinder kosten ihnen in den ersten Jahren fast nichts, werden sie groß, so können sie hilfliche Hand leisten, und ihnen fast alle Ausgaben ersparen, und sie leben dann gläkklich wie ein Philosoph; voraus gesezt, daß die Herrn, die den Stat regiren nicht etwa die Grausamkeit haben, ihnen für den Mann järlich zwanzig Thaler abzuzwakken. Aber das ist eben das Unglükk, wir leben nicht mehr in der goldenen Zeit, wo die Menschen alle von Geburt gleich, auch gleichen Antheil an den saftigen Früchten einer nicht bearbeiteten Erde hatten. Heutiges Tages gehört viel dazu, wenn jedes Wesen mit zwei Händen und zwei Füßen einen Fond zu hundertzwanzig Livres Einkünften haben soll.

Der Mann von vierzig Thalern.

Ach sie ruiniren uns ja ganz! Eben meinten sie ja, daß in einem Lande, wo achzig Millionen ganz guter Boden und zwanzig Millionen Einwoner wären, jeder hundert und zwanzig Livres Renten genüßen soll; und sie nehmen sie uns wieder weg!

Der Meßkünstler.

Ich rechnete nach den Verzeichnissen der goldenen Zeit, und man muß nach der eisernen Zeit rechnen. Es giebt viele Einwoner, die nicht mehr als zehn Thaler werth Einkommen haben, andre, die nicht mehr als vier oder fünf Thaler järlich, und mehr denn sechs Millionen Menschen, die schlechterdings gar nichts haben.

Der Mann von vierzig Thalern.

Aber so müßten sie ja in drei Tagen Hungers sterben.

Der Meßkünstler.

Ganz und gar nicht; die andern, welche ihr Antheil besizen, geben ihnen Arbeit, und theilen mit ihnen. Dadurch wird der Theologe, der Prediger, der Procurator, der Apotheker, der Zuckerbekker, der Comödiant und der Fiacre bezalt. Sie glaubten, sie hätten Ursach sich zu beklagen, daß sie nur hundert zwanzig Livres jährlich zu verzeren hätten, die wegen ihrer Taxe von zwölf Francs auf hundert und acht Livres verringert sind; aber betrachten sie nur die Soldaten, die ihr Blut fürs Vaterland hingeben; sie haben täglich vier Sous gerechnet, nicht mehr als drei und sechszig Livres; sie thun sich aber in Camerabschaften zusammen, und leben recht lustig.

Der Mann von vierzig Thalern.

Ein vertriebener Jesuite hat also mehr denn fünfmal soviel, als der Sold eines Soldaten ausmacht. Indeß haben doch die Soldaten dem State mehr Dienste, selbst vor den Augen des Königes, bey Fontenoy, bey Laffeld, bey der Belagerung von Freyburg gethan, als der ehrwürdige Pater la Valette nimmermehr geleistet hat.

Der Meßkünstler.

Das ist allerdings wahr: Es hat so gar jeder Jesuite, nachdem er nun frei ist, mehr auszugeben, als er sonst seinem Kloster nicht kostet. Einige haben auch viel Geld mit kleinen Schriften verdient, die sie gegen die Parlamenter, gegen den Ehrw. Pater Patouillet, und gegen den Ehrw. Pater Nonotte verfertiget haben. Ein jeder sucht in der Welt zu etwas Geschikke zu haben; der eine legt eine Zeugfabrike an, der andre steht einer Porcellainfabrike vor; der versucht sein Glükk mit der Opera; der schreibt eine Zeitung von Kirchensachen, der andre ein bürgerlich Trauerspiel, oder einen Roman im englischen Geschmakk; er ernärt den Kaufmann, der ihm Pappier und den, der ihm die Tinte liefert, den Buchhändler, den Ausrufer; die ohne ihn Allmosen suchen müßten. Kurz es ist blos die Wiedererstattung der hundert und zwanzig Livres an die, welche nichts haben, was den Stat blühend macht.

Der Mann von vierzig Thalern.
Eine schöne Art zu blühen.

Der Meßkünstler.

Es giebt keine andre; in allen Ländern lebt der Arme von dem Reichen. Das ist die Sele aller Künste und Gewerbe. Je arbeitsamer und geschikfter eine Nation ist, desto mehr gewinnet sie von dem Fremden. Wenn wir järlich von den Auswärtigen zehn Millionen zögen, für den Ausschlag den unsre Handlung gegen die ihrige gehalten hat; so würden in zwanzig Jaren zweihundert Millionen mehr im State sein;

das wäre in gesezmäßiger Theilung auf jeden Kopf zehn Francs mehr, die einmal bezalt werden, in der Hoffnung noch weit beträchtlichern Gewinnst zu haben. Aber die Handlung hat auch ihre Gränzen wie die Fruchtbarkeit der Erde; sonst würde das ins unendliche fortgehn. Und hernach ists auch so sicher nicht, daß die Balanz unsrer Handlung allemal vortheilhaft für uns steht. Es giebt Zeiten, da wir verlieren.

Der Mann von vierzig Thalern.

Ich habe viel von Bevölkerung reden gehört. Wenn wir noch einmal soviel Kinder zeugten, als bisher; wenn unser Vaterland doppelt so volkreich wäre, wenn wir vierzig Millionen Einwoner statt zwanzig hätten; was würde denn wol werden?

Der Meßkünstler.

Was werden würde? Jeder würde, im Durchschnitt genommen, nicht mehr als zwanzig Thaler zu verzeren haben; oder das Land müßte noch einmal soviel tragen, als bisher; oder es würden noch einmal soviel Armen sein; es müßte noch einmal soviel Arbeitsamkeit und Kunst unter den Einwonern geben; man müßte noch einmal soviel Gewinnst von den Fremden ziehn; oder die Hälfte der Nation müßte nach Amerika geschikkt werden; oder eine Hälfte würde die andre auffressen.

Der Mann von vierzig Thalern.

Wir wollen also mit unſern zwanzig Millionen Menſchen, und mit unſern hundert zwanzig Livres auf den Mann zufrieden ſein. Sie mögen nun vertheilt ſein, wie es Gott gefällt: Aber ein ſolcher Zuſtand iſt betrübt, und ihre eiſerne Zeit iſt ſehr hart.

Der Meßkünſtler.

Es geht keinem Volke beſſer; viele ſind noch übler dran. Glauben ſie dann, daß in den nordiſchen Ländern wol ſoviel da iſt, daß man einem jeglichen Einwoner den Werth von hundert zwanzig franzöſiſchen Livres beilegen könnte? Wenn ſie ſoviel zu beſizen gehabt hätten, ſo würden die Hunnen, die Gothen, die Vandalen und die Franken nicht aus ihrem Vaterlande gewandert ſein, um ſich anderwärts mit Feuer und Schwert in der Hand niederzulaßen.

Der Mann von vierzig Thalern.

Wenn ich ſie reden ließe, ſo würden ſie mir bald weis machen, daß ich mit meinen hundert zwanzig Francs glükklich wäre.

Der Meßkünſtler.

Wenn ſie glükklich zu ſein glaubten, ſo würden ſie es auch ſein.

Der Mann von vierzig Thalern.

Man kann ſich doch nicht einbilden etwas zu ſein, was man nicht iſt; oder man müßte verrükkt ſein.

Der Meßkünstler.

Ich habe es ihnen schon gesagt, wenn sie bequemer und glükklicher leben wollen, als bisher; sie müssen eine Frau nehmen; aber ich will noch hinzusezen, sie muß eben so wie sie hundert zwanzig Livres Einkünfte haben, ich meine vier Morgen, jeden zu zehn Thaler gerechnet. Die Römer hatten ein jeder nur drei. Wenn ihre Kinder nun geschikkt und fleißig sind, so kann jedes wieder eben soviel verdienen, wenn sie für andre arbeiten.

Der Mann von vierzig Thalern.

Aber so werden sie doch kein Geld haben können, ohne daß es andre verlieren?

Der Meßkünstler.

Das geht bey allen Völkern so, man kann nicht anders auffommen, als auf diese Weise.

Der Mann von vierzig Thalern.

Ich und meine Frau müßten also, jedes die Hälfte von unsrer Aerndte, an die gesezgebende und ausübende Gewalt geben; die neuen Statsminister würden uns also die Hälfte von der Frucht unsers Schweißes und von dem Unterhalt unsrer Kinder nehmen, ehe sie sich was verdienen können! Thun sie mir den Gefallen und sagen mir, wieviel unsre neue Minister nach göttlichen Rechten nun in den Schaz des Königes bringen?

Der

Der Meßkünstler.

Sie, mein Herr, zalen zwanzig Thaler auf einen Morgen, der vierzig trägt. Der Reiche, der 400 Morgen besizt, wird also zweitausend Thaler nach diesem neuen Tarif zalen, und die 80 Millionen Morgen, werden dem Konige jårlich zwölfhundert Millionen Livres, oder vierhundert Millionen Thaler bringen.

Der Mann von vierzig Thalern.

Das weiß ich nicht, wie das angeht, des scheint mir unmöglich zu sein.

Der Meßkünstler.

Sie haben vollkommen recht, und diese Unmöglichkeit ist ein rechter geometrischer Beweis, daß ein Hauptfeler in den Schlüssen liegt, die unsre neue Minister machen.

Der Mann von vierzig Thalern.

Ist das nicht auch eine erstaunenswürdige, erweisliche Ungerechtigkeit, mir die Hälfte von meinem Korne, von meinem Hanfe, von der Wolle meiner Schaafe u. s. w. zu nehmen, und keine Beisteuer von denen zu fordern, die zehn, zwanzig bis dreißig tausend Livres Einkünfte mit meinem Haufe gewonnen, daraus sie Leinewand gewebt, mit meiner Wolle, daraus sie Tuch, und mit meinem Korn, das sie viel theurer verkauft als eingekauft haben.

Der Meßkünstler.

Die Ungerechtigkeit dieser Statsverwaltung ist eben so augenscheinlich als die Rechnung,

sezgebende und ausübende Gewalt dadurch einen
weit größeren Tribut erhalten hat: Wieviel hat
denn die Nation mit Ablauf des Jares dadurch
gewonnen?

Der Meßkünstler.

Gar nichts; wo sie nicht einen auswärtigen vortheilhaften Handel getrieben hat; aber
sie hat weit bequemer gelebt. Jeder hat nach
Verhältniß, mehr Kleider, Hemden, Hausrath an-
geschaft, als er vorher hatte. Es wird im State
ein stärkerer Umlauf des Geldes gewesen sein,
man wird die Gehalte mit der Zeit vermehrt haben, alles in dem Maße, nach dem man mehr
Korngarben gewonnen, mehr Hammelfelle, mehr
Ochsen: Hirsch- Ziegenhäute gebraucht, und mehr
Weintrauben ausgepreßt hat. Man wird dem
Könige mehr von dem Werthe der Waren an
Gelde bezalt, und der König wird wiederum
davon mehr an diejenigen gegeben haben, die er
nach seinen Befelen arbeiten ließ. Aber es
wird im Königreiche nicht ein Thaler mehr sein.

Der Mann von vierzig Thalern.

Was wird denn nun der Regirung am
Ende des Jares übrig bleiben?

Der Meßkünstler.

Ebenfalls nichts; und so geht es einer jeden Regirung; sie sammlet keine Schäze; sie
hat die Kosten der Narung, Kleidung, Wonung, des Hausraths bestritten, der Unterhan hat
das auch gehabt, jeder nach seinem Stande;
und

und wenn sie Scháze sammlet, so hat sie soviel Geld aus dem Umlaufe genommen, als sie beigelegt hat; sie hat so viele Unglükkliche gemacht, soviel mal vierzig Thaler in der weggelegten Summe enthalten sind.

Der Mann von vierzig Thalern.

Aber so wäre ja der grosse Heinrich der vierte ein Geißiger, ein Filz, ein Plünderer gewesen, denn man hat mir erzält, daß er mehr als funfzig Millionen, nach dem Werthe unsrer heutigen Münze gerechnet, in die Bastille eingepakkt hat.

Der Meßkünstler.

Er war ein eben so würdiger, als kluger und tapferer Mann. Er hatte einen gerechten Krieg vor sich, und indem er zwei und zwanzig Millionen damaligen Geldes sammlete, und noch mehr als zwanzig zurückblieben, die er im Umlaufe ließ; so ersparte er seinem Volke mehr als hundert Millionen, die drauf gegangen sein würden, wenn er nicht diese nüzliche Maßregeln genommen hätte. Er machte sich moralisch gewiß von dem Erfolge seiner Unternehmung gegen einen Feind, der nicht gleiche Vorsicht gebrauchet hatte. Was er nun als warscheinlich angenommen hatte, das erfolgte auf eine ganz wunderbare Weise zu seinem Vortheil. Seine zwei und zwanzig Millionen, die er im Schaze hatte, bewiesen, daß im Königriche noch der Werth von zwei und zwanzig Millionen in den Grundstücken übrig blieb. Also litte niemand.

Der

Der Mann von vierzig Thalern.

Mein guter Alter sagte mirs wol, daß man nach Verhältniß viel reicher unter der Statsverwaltung des Herzogs von Sully gewesen sei, als unter den neuen Ministern, die die einzige Auflage eingefürt, und mir zwanzig Thaler auf vierzig abgenommen haben. Ich bitte sie, sagen sie mir, ist wol eine Nation in der Welt die diese vortrefliche Woltthat der einzigen Auflage genießt.

Der Meßkünstler.

Keine Nation, die reich ist. Die Engländer, so ernsthaft sie sonst sind, haben darüber gelacht, da sie vernommen haben, daß verständige Leute diese Statsverwaltung unter uns vorgeschlagen hätten. Die Chineser fordern eine Auflage von allen Kaufmannsschiffen, die bei Canton landen. Die Holländer bezalen dergleichen zu Nangazaqui, wenn sie in das Japanische aufgenommen werden, unter dem Vorwande, daß sie nicht Christen sind. Die Lappen und Sampieden sind in der That einer einzigen Auflage unterworfen in Marderfellen. Die Republik St. Marino bezalt nichts als Zehenden um den Stat in seinem Glanze zu erhalten.

Es ist eine Nation in unserm Europa, die durch ihre Billigkeit und Tapferkeit berümt ist, welche gar keine Abgaben bezalt; ich meine die Schweizer. Aber was geschahe? Dis Volk sezte sich an die Stelle der Herzoge von Oesterreich und

und Zäringen; die kleinern Cantons sind democratisch, und sehr arm, jeder Einwoner bezalt da eine sehr mäßige Summe zu den Ausgaben der kleinen Republik. In den reichen Cantons aber ist man noch für den Stat mit dem Grundzins belästiget, welchen sonst die Herzoge von Oesterreich und die Grundherren forderten. Die Protestantischen Cantons sind nach Verhältniß doppelt so reich, als die Catholischen; denn der Stat besizt da die Güter der Mönche; die, welche sonst Unterthanen der Erzherzoge von Oesterreich, der Herzoge von Zäringen und der Mönche waren, sind gegenwärtig Unterthanen des Unterlandes; sie bezalen demselben ihre Zehnden, ihre Gebühren, ihre Kaufschillinge eben so, wie sie selbige ihren alten Herren entrichteten. Und da die Unterthanen überhaupt sehr wenig Handel haben, so ist der Negociant mit keiner Auflage beschwert, das wenige ausgenommen, was auf der Niederlage entrichtet wird. Die Mannspersonen treiben mit ihrer Tapferkeit einen Handel mit auswärtigen Mächten, und verkaufen sich auf einige Jare; wodurch mit unserm Verluste etwas fremdes Geld in ihr Land kömmt. Das ist eben sowol ein einziges Exempel in einem wol eingerichteten State, als die Auflage, welche unsre neuen Gesezgeber eingefürt haben.

Der Mann von vierzig Thalern.

Also, mein Herr, wird den Schweizern nicht nach göttlichem Rechte die Hälfte ihrer
Güter

Güter genommen? Wer vier Kühe besitzt, giebt nicht zwey dem Stat?

Der Meßkünstler.

Nein, gar nicht. In einem Canton giebt man auf dreizehn Faß Wein, eins, und trinkt zwölfe. In einem andern Canton bezalt man den zwölften Theil, und trinkt eilfe.

Der Mann von vierzig Thalern.

Ach, ich wollte, daß ich ein Schweizer wäre! die verdammte einzige Auflage, die mich an den Bettelstab gebracht hat. Aber drei oder vierhundert Auflagen, davon ich nicht einmal die Namen behalten noch aussprechen kann, sind sie wohl gerechter und vernünftiger? Ist wohl jemals ein Gesezgeber gewesen, der einen Stat gegründet hat, und der auf die Gedanken gefallen wäre, aus königlichen Räthen, Kohlenmesser, Weinvisirer, Holzmesser, Beschauer der Schweine, Controleurs von der gesalznen Butter zu machen? Eine ganze Armee von solchen unnüzen Leuten zu unterhalten, die zweimal stärker ist, als das Heer Alexanders, und durch sechszig Generale commandirt wird, die das Land in Contribution sezen, die täglich einen merkwürdigen Sieg nach dem andern erhalten, Gefangne machen, und diese zuweilen in freier Luft, oder auf einen kleinen Theater von Brettern opfern, wie es nach der Erzälung meines Pfarrers die alten Scythen sollen gemacht haben.

War

War eine solche Landesverfassung über die so viel geschrieen würde, die so viel Thränen auspreßte, war sie wohl besser als die, welche mir auf einmal in aller Stille die Hälfte von meinem Leben wegnimmt. Ich fürchte, es kommen bey genauer Rechnung drei Viertel heraus, die man mir nach und nach einzeln unter der alten Staatsverwaltung abnahm.

Der Meßkünstler.
Iliacos intra muros peccatur et extra.
Est modus in rebus, caveas ne quid nimis.

Der Mann von vierzig Thalern.
Ich habe wol ein wenig Historie und Geometrie gelernt, aber Latein verstehe ich nicht.

Der Meßkünstler.
Das will ohngefär so viel sagen: Man hat von beiden Seiten unrecht. Beobachtet in allem das Mittel. In keinem zu viel.

Der Mann von vierzig Thalern.
Ja, in keinem zuviel, das wäre meine Sache; aber ich habe nicht genung.

Der Meßkünstler.
Ich sehe es freilich wol ein, sie werden vor Hunger sterben, und ich auch, und der Stat auch, wofern die neue Regirung noch zwei Jare dauret; aber man muß hoffen, daß sich Gott unserer erbarmen wird.

C   Der

Der Mann von vierzig Thalern.

Man bringt sein Leben zu in der Hoffnung, und stirbt in der Hoffnung. Gott befolen, mein Herr, sie haben mich unterrichtet; aber ich bin sehr niedergeschlagen.

Der Meßkünstler.

Das ist oft die Frucht von unsern erlangten Kenntnissen.

Begebenheit mit einem Carmeliter.

Nachdem ich mich bey meinem Herrn Meß- künstler, einem Mitgliede der Akademie der Wissenschaften aufs beste bedankt hatte, daß er mich so gut bedeutet habe; so ging ich seufzend und mit beklommnen Herzen fort. Ich lobte die Vorsehung, aber ich murmelte zwischen meinen Zähnen die traurigen Worte: Nur zwanzig Thaler jährlich zu verzeren, und nur zwei und zwanzig Jare zu leben zu haben! O könnte unser Leben noch viel kürzer sein, da es so unglükklich ist!

Nach einer Weile befand ich mich vor einem prächtigen Hause, ich spürte den Hunger schon, und hatte doch nicht einmal den hundert und zwanzigsten Theil der Summe, die von Rechtswegen ein jeglicher haben sollte. Allein, so bald man mich belehrt hatte, daß dies Palais das Kloster der ehrwürdigen Väter Carmeliter-Barfüsser wäre; so machte ich mir große Hoffnung, und sagte: Weil doch diese Heiligen so demüthig sind,

sind, barfuß zu gehn, so werden sie auch wol so gutthätig sein, und mir etwas zu essen geben.

Ich klingelte, ein Carmeliter kam: Was verlangt ihr mein Son? Brod, mein ehrwürdiger Vater; die neuen Edikte haben mir alles genommen. Mein Son, wir betteln selbst Allmosen, und theilen keine aus. Das ist sonderbar! Eure heilige Stiftung verordnet euch keine Schuhe zu tragen, und ihr habt einen Pallast, wie Fürsten, und schlagt mir ein Mundvoll Brod ab! Es ist war, mein Son, wir gehn ohne Schuhe und Strümpfe; das ist eine Ausgabe weniger; aber unsre Füsse frieren uns nicht mehr, als unsre Hände; und wenn unsre heilige Regel uns vorschriebe mit dem Hintersten nakkend zu gehn, so würde uns auch da nicht frieren. An unser schönes Haus darf sich auch niemand stoßen, wir haben nach unserer Bequemlichkeit gebaut, denn wir haben hundert tausend Livres Einkünfte von Häusern, die in einer Straße liegen.

Ha, ha, ihr laßt mich vor Hunger sterben, und habt hundert tausend Livres Einkünfte! Ihr gebt also doch funfzig tausend an die neue Regirung?

Gott beware uns, daß wir einen Heller bezalen sollten. Die gesezgebende und ausübende Gewalt, hat den Tribut allein auf die Früchte des Landes gelegt, das durch arbeitsame Hände gebaut wird, die von Schwielen gehärtet und mit Thränen benezt sind. Die Allmosen, die man uns gereicht hat, haben uns in den Stand

gesezt,

gesezt, diese Häuser zu bauen, davon wir järlich hundert tausend Livres ziehn. Allein, da diese Allmosen von den Früchten der Erde kommen, die ihren Tribut schon bezalt haben, so können sie denselben ja nicht zweimal entrichten: Sie haben die Gläubigen geheiliget, die sich arm gemacht haben um uns reich zu machen; und wir faren fort, Allmosen zu sammlen, und die ganze Vorstadt St. Germain in Contribution zu sezen, um noch mehr Gläubige zu heiligen. Der Carmeliter hatte kaum ausgeredet, so schloß er mir die Thüre vor der Nase zu.

Ich ging darauf vor dem Hotel der grauen Musquetairs vorbei, ich erzälte die Sache einem von diesen Herren; sie gaben mir eine gute Malzeit und einen Thaler. Einer von ihnen meinte, man müßte hingehn, und das Kloster verbrennen, aber ein andrer Musquetair, der klüger war, stellte ihm vor, die rechte Zeit sey noch nicht da, er bäte ihn nur noch ein Par Jare zu warten.

Audienz bey dem Herren Generalcontroleur.

Ich gieng nun mit meinem Thaler zu dem Herrn Generalcontroleur, der an dem Tage Audienz gab, um ihm eine Bittschrift zu überreichen.

Sein Vorzimmer stand voll von allerhand Leuten. Besonders ward ich da Gesichter gewar, die noch viel voller, Bäuche, die noch viel strozender, Minen, die noch viel stolzer waren, als
mein

mein Mann von acht Millionen. Ich unterstand mir nicht näher zu kommen, ich sahe sie, und sie wurden mich nicht gewar.

Ein Mönch, der sich in seinem fetten Zehenden gemästet hatte, wollte gewissen Einwonern einen Proceß anhängen, die er seine Bauren nannte. Er hatte schon mehr Einkünfte, als die Hälfte seiner Pfarrkinder zusammen, und war überdem noch Herr des Lehngutes. Er verlangte, daß seine Vasallen, die mit der sauersten Mühe ihr wüstes Land in Weinberge verwandelt hatten, ihm davon den zehnten Theil ihres Weins geben sollten. Dieses machte, wenn man das Arbeitslon, die angewandten Kosten zu Weinpfälen, Vässern, und den Keller rechnet, mehr als den vierten Theil der ganzen Aerndte aus. Aber da die Zehnden, sagte er, göttlichen Rechtes sind, so verlange ich den vierten Theil von dem Vermögen meiner Bauren, im Namen Gottes. Der Minister sagte ihm: Ich sehe, wie sehr menschenfreundlich ihr seid.

Ein Generalpächter, der sehr erfaren in dem Steuerwesen war, versezte darauf: Gnädiger Herr, dieses Dorf kann an den Mönch nichts bezalen. Denn da seine Pfarrkinder das vergangne Jar zwei und dreißig Auflagen auf ihren Wein haben entrichten müssen, und sie noch dazu verurtheilt worden sind, zu bezalen, was sie zuviel getrunken haben; so sind sie ganz herunter gebracht. Ich habe ihr Vieh und ihr Hausgeräthe verkaufen laßen, und sie sind mir noch schuldig. Ich protestire wieder die Ansprüche des ehrwürdigen Paters.

Ihr habt Ursach, antwortete der Minister, sein Nebenbuler zu sein, ihr liebt euren Nächsten einer so herzlich wie der andre, und ihr erbaut mich alle beide.

Ein dritter, der auch Mönch und Lehnsherr war, und dessen Baureu in solcher Leibeigenschaft standen, daß der Herr von ihnen erbet, dieser suchte eine Ordre vom großen Rathe, die ihn in den Besiz von dem ganzen Vermögen eines Pariser Dumkopfes sezte, der unvorsichtiger Weise ein Jar und einen Tag in einem Hause geblieben war, auf dem diese Gerechtigkeit haftete; es lag in den Stafen dieses Priesters, und der Pariser war nach Verlauf eines Jares darinn verstorben. Der Mönch forderte also sein ganzes Vermögen, und das nach göttlichem Rechte.

Der Minister fand bei diesem Mönche ein eben so gerechtes und empfindliches Herz, als bei den beiden ersten.

Der vierte, ein Controleur der Domainen, überreichte eine vortrefliche Schrift, in welcher er sich rechtfertigte, daß er zwanzig Familien an den Bettelstab gebracht hätte. Sie hatten theils von ihren Onkels, theils von ihren Brüdern, theils von ihren Vettern geerbt; sie hatten die Abgaben davon erlegen müssen. Der Controleur hatte ihnen großmüthig den Dienst geleistet, und ihnen bewiesen, daß sie ihre Erbschaften nicht hoch genug geschäzt hätten, sie wären viel reicher,

cher, als sie es glaubten; und solchergestalt hatte er sie verurtheilt den dritten Theil davon zur Strafe zu geben, hatte ihnen das übrige durch den Belauf der Unkosten abgenommen, die Häupter der Familien hernach ins Gefängniß gesezt, und endlich ihre besten Besize an sich gekauft, ohne seine Börse aufzuthun.

Der Generalcontroleur las die Schrift, und antwortete ihm in einem Tone, der in Warheit doch etwas bitter war: Euge Controleur bone & fidelis, quia supra pauca fuisti fidelis; Fermier-General te constituam *). Indes, hörte ich ihn ganz leise zu dem Maitre des Requetes **) sagen, der ihm zur Seiten war: Man wird wol diese heiligen und diese weltlichen Blutigel müssen wieder ausspeien laßen; es ist Zeit, dem Volke einmal unter die Arme zu greifen, das sonst, wo wir uns nicht darum bekümmern, und die Billigkeit handhaben, nicht eher zu leben haben wird, als in der andern Welt ***).

Nun kamen Leute von sehr tiefen Einsichten, und überreichten Vorschläge. Einer war auf den Einfall gekommen, Auflagen auf den Verstand zu machen. Jedermann, sagte er, wird sich bemühen,

*) Ich ließ mir diese Worte durch ein Gelehrten von vierzig Thalern erklären, und sie vergnügten mich.
**) Ein Mann, der die Suppliquen annimmt, und die Antworten darauf expediret.
***) Ein fast änlicher Fall ereignete sich in der Provinz, wo ich wone; der Controleur der Domaine mußte alles wieder erstatten, aber er wurde nicht gestraft

müßen, diese Zalung zu leisten, da keiner zu den Narren gerechnet sein will. Der Minister gab ihm zur Antwort: Ich erkläre hiemit, daß sie vor allen von dieser Anlage sollen ausgenommen sein.

Ein andrer trug vor, daß man eine einzige Auflage errichten könnte auf das Singen und Scherzen; es sei leicht abzunehmen, daß dieselbe etwas beträchtliches eintragen werde; denn die Nation sei die lustigste von allen, und wisse sich mit einem Liedchen über ieglichen Vorfall zu trösten. Aber der Minister merkte an, daß man seit einiger Zeit nicht eben soviel lustige Liederchen verfertigte; es sei also zu fürchten, man mögte um der Taxe zu entgehn, vielleicht gar zu ernsthaft werden.

Nach ihm erschien ein Bürger, ein rechtschaffner braver Mann, der sich erboth dem Könige dreimal mehr zu verschaffen, wenn man die Nation dreimal weniger bezalen ließe. Der Minister rieth ihm die Rechenkunst zu lernen.

Es kam ein vierter. Er erklärte erstlich seine uneigennützige und gute Absicht, und bewies alsdann, der König könne in allen nicht fünf und siebenzig Millionen zusammen bekommen; er sei aber im Stande ihm zweihundert fünf und zwanzig Millionen zu verschaffen. Ihr werdet mir ein Vergnügen machen, antwortete der Minister, wenn wir die Statsschulden werden bezalt haben.

Endlich

Endlich trat ein Finanzbedienter des großen Mannes herein, des Erfinders unsrer Neuerungen, der die gesezgebende Gewalt zum Miteigenthümer unsrer Güter nach göttlichem Rechte macht, und dem Könige zwölfhundert Millionen Einkünfte zalt. Ich kannte ihn sogleich, daß es der Mann war, der mich hatte sezen laßen, weil ich meine zwanzig Thaler nicht bezalen konnte. Ich fiel dem Generalcontroleur zu Füßen, und bat ihn, mir Gerechtigkeit wiederfaren zu laßen; er erhob ein lautes Gelächter, und sagte mir, das sei ein Streich, den man mir gespielt habe. Sogleich aber befal er auch diesen groben Spaßvögeln mir hundert Thaler zur Entschädigung zu geben, und sprach mich von allen Abgaben frei, auf Zeitlebens.

Ich trat ab, und sagte: Gnädiger Herr, Gott segne sie!

Schreiben an den Mann von vierzig Thalern.

Ob ich gleich dreimal so reich bin, als Sie, ich meine, ob ich gleich dreimal hundert und sechszig Livres oder Francs Einkünfte habe, so schreibe ich doch an Sie, wie an meines gleichen, und gebe mir nicht die stolze Mine eines reichen Mannes gegen Sie.

Ich habe Ihre Geschichte gelesen, wie übel es Ihnen ergangen ist, und wie Ihnen der Generalcontroleur hat Gerechtigkeit wiederfaren laßen, ich mache Ihnen mein Compliment darüber; aber

aber zum Unglükke bin ich eben eine Schrift durchgegangen, die den Titel fürt: le financier citoïen, (der Finanzbediente, ein Bürger). Dieser Titel schien vielen wiedersprechend zu sein, und er schrekte mich anfänglich auch ab. Bedenken Sie einmal, dieser Bürger nimmt Ihnen zwanzig Frakcs von Ihren Einkünften, und mir sechszig, er-verstattet einem ieden Unterthan im ganzen Königreiche nicht mehr als hundert Francs. Aber ich muß Ihnen auch wieder dagegen sagen; ein Mann, der nicht weniger berümt ist als er, läßt unsre Einkünfte bis auf hundert und funfzig Livres steigen; ich sehe wol Ihr Meßkünstler hat gerade das Mittel angenommen. Er ist nicht einer von den prächtigen Herren, die mit einem Zuge ihrer Feder Paris mit einer Million Einwoner bevölkern, und im Königreiche funfzehn Millionen klingende Münze umlaufen lassen, ob wir gleich in den leztern Kriegen soviel verloren haben.

Da Sie gern lesen, so will ich Ihnen den financier citoïen leihen. Aber glauben Sie ihm nicht alles. Er fürt das Testament des großen Ministers Colbert an, und weiß nicht, daß es ein abgeschmaktes Werk ist, das ein Gatier de Courtils zusammen geschmiert hat. Er fürt das Werk des Marschalls von Vauban an, das la dixme, (der Zehende) betitelt ist, und weiß nicht, daß es vom Bois Guilbert geschrieben ist. Er beruft sich auf das Testament des Cardinals Richelieu, und weiß nicht, daß es vom Abbe de Bourzeis ist.

ist. Er nimmt an, der Cardinal behaupte, daß man dem Soldaten einen stärkern Sold geben müsse, wenn das Fleisch aufschlägt. Indes ward das Fleisch sehr theuer, da er noch am Ruder saß, und der Sold des Soldaten ward nicht erhöht. Dis allein, wenn ich hundert andre Gründe übergehe, beweist schon, daß dieses Buch, welches man gleich für untergeschoben hielt, so bald es heraus kam, und es hernach doch dem Cardinal selber zuschrieb, daß es ihm eben so wenig zugehöre, als die Testamente des Cardinals Alberoni, des Marschalls von Belisle von Ihnen herkommen.

Trauen Sie Ihr Lebtage den Testamentern und Systemen nicht. Ich bin damit angelaufen so gut, als Sie. Wenn die heutigen Solons und Licurgue Sie aufgezogen haben, so haben es die neuen Triptoleme mit mir nicht besser gemacht. Hätte mir eine kleine Erbschaft nicht wieder aufgeholfen, so wäre ich vor Elend gestorben.

Ich habe hundert und zwanzig Hufen Akkers, die in der schönsten Gegend liegen; aber der Boden trägt mir nichts. Jede Hufe bringt nach Abzug aller Unkosten in meinem Lande nicht mehr, als einen Thaler zu drei Livres gerechnet. Sobald ich nun in den Wochenblättern las, daß ein berümter Landwirth eine neue Säemaschine erfunden habe, und daß er sein Land mit Beten pflügte, damit er weniger Aussat und doch mehr Aerndte haben mögte; so borgte ich mir eiligst Geld, kaufte eine Säemaschine, und pflügte

mit

mit Beten; aber meine Mühe und mein Geld war vergebens angewandt. Dem berümten Landwirthe war es auch so gegangen; er will von keinem Beten mehr wissen.

Nun fiel ich unglükklicher Weise wieder auf das ökonomische Wochenblatt, das zu Paris bei Boudot verkauft wird. Ich kam auf die Probe, die ein sinnreicher Pariser gemacht hatte. Er hatte zu seinem Vergnügen in seinem Garten sein Luststükk funfzehnmal pflügen laßen, und hatte Waizen darauf gesäet, anstatt Tulpen zu legen. Er bekam eine reiche Aerndte. Das lokkte mich an; ich liehe wieder Geld, denn ich dachte bei mir also: Ich darf nur dreißig mal pflügen laßen, so muß ich noch einmal soviel Aerndte haben, als dieser würdige Pariser, der die Grundsäze seiner Landwirthschaft in der Opera und in der Comödie gelernt hat; ich kann durch seine Belehrung und durch seine Exempel reich werden.

Es ist in meiner Gegend schon eine unmögliche Sache nur viermal zu pflügen: Die strenge und veränderliche Witterung erlauben es nicht, meine Umstände erlaubten es mir eben so wenig; denn da ich nach der Anweisung des berümten Landwirths auf den unglükklichen Einfall gerathen war, auf Bete zu säen, so hatte mich das so zurükkgebracht, daß ich sogar mein Akkerzeug hatte verkaufen müssen. Ich ließ aber doch meine hundert und zwanzig Hufen dreißigmal akkern durch alle Pflüge, die ich vier Meilen im Umkreise zusammenbringen konnte.

Eine

Eine Hufe dreimal zu akkern kostet zwölf Livres, das ist ein festgesezter Preis; Aber ich ließ dreißigmal akkern, das betrug auf iede Hufe hundert und zwanzig Livres, und auf hundert und zwanzig Hufen 14400 Livres. Wie war nun die Aerndte? Ich habe von meinem vermünschten Lande sonst gewönlich dreihundert Maß *) bekommen, und dis Jar waren es dreihundert dreißig. Diese betrugen in Gelde 6600 Livres; gegen die Unkosten gerechnet, büßte ich also ein 7800 Livres. Das Stroh blieb mir nun aber noch übrig.

Ich war nunmehr mit meinem Vermögen fertig und wäre bettel arm gewesen, wenn ich nicht eine alte wolhabende Tante gehabt hätte, die ein berümter Arzt in die andre Welt schikte, der in der Heilungskunst ohngefär solche Schlüsse machte, wie ich in der Landwirthschaft.

Nun denken Sie — wer sollte das glauben — ich beging die Schwäche und ließ mich noch einmal durch das Wochenblatt des Boudot verfüren. Dem Manne konnte an meinem Unglükke eben nichts gelegen sein. Ich las also in seiner Sammlung, und fand, man brauche nur viertausend Francs Vorschuß zu thun, so könne man eine iärliche Einkunft von viertausend Livres in Artischokken haben. Gewiß, dachte ich, Boudot will mich das in Artischokken wieder gewinnen laßen, was ich durch sein Buch an Korne verloren habe. Was kam heraus —

meine

*) Septies bei uns ein halber Winspel.

meine viertausend Francs waren dran gewandt, und meine Artischokken wurden von den Feldmäusen gefressen; und ich ward zum Spotte in meiner ganzen Gegend.

Boudot sollte mir das nicht umsonst gethan haben, ich schrieb in voller Bosheit an ihn und sagte ihm brav meine Meinung. Ich erhielt aber weiter keine Antwort darauf, als daß der Vogel sich in seinem Wochenblatte über mich lustig machte. Er stritt es mir auf eine ganz unverschämte Weise ab, daß die Caraiben mit ihrer rothen Farbe geboren würden. Ich war genöthiget, ihm ein Attestat von einem gewesenen Procurator des Königes in Guadeloupe beizubringen, welchermaßen Gott die Caraiben roth, und die Moren schwarz geschaffen hätte. Aber dieses kleinen Sieges ungeachtet, verlor ich doch die ganze Erbschaft meiner Tante, bis auf den lezten Pfennig; weil ich den neuen Systemen gar zu viel geglaubt hatte. Mein liebster Freund, ich bitte Sie, hüten Sie sich vor den Charlatans.

Neue Wehen,
die durch die neuen Systemen verursacht worden.

(Dieses kleine Stükk ist aus den Handschriften eines alten Einsiedlers genommen.)

Ich sehe, daß brave Männer Staten zu regiren übernommen, sich an die Stelle der Könige

nige gesezt, oder sich für Triptoleme und Ceres ausgegeben haben; Aber ich finde doch, daß es noch künere Menschen giebt, die sich an die Stelle Gottes gesezt, und die Welt mit der Feder geschaffen haben, wie sie Gott durch sein Wort hervorbrachte.

Einer der erften, der mir seine Verehrung abforderte, war ein Nachfolger des Thales, Namens Teliamed. Er lernte mir, daß die Berge und die Menschen aus dem Mere entstanden wären, daß anfänglich schöne Mer-Menschen gewesen wären, die hernach beides auf dem Wasser und auf dem Lande zu leben anfingen, bis ihr schöner gespaltner Schwanz sich in Schenkel und Beine verwandelte. Ich war noch ganz eingenommen von den Verwandlungen Ovids, und von einem gewissen Buche, darinn man beweisen wollte, daß die Menschen ein Bastarts-Geschlecht von einer Art Bavians wären. Es war mir aber gleich viel, ob ich von einem Fische oder von einen Affen abstammte.

Mit der Zeit fielen mir einige Zweifel gegen diese Abstammung ein, und besonders was das Entstehen der Berge betraf. Ich eröffnete sie ihm. Und sie wissen nicht, antwortete er mir, daß die Mer-Ströme, welche bald hier, bald da Sandbänke höchstens von 10 bis 12 Fuß aufwerfen, in einer langen Reihe von Jarhunderten Berge von zwanzigtausend Fuß hoch aufgethürmt haben, die nicht sandig sind. Sie müssen wissen, daß es ganz unstreitig ist, daß das

Mer

Mer einmal die ganze Erdkugel bedekkt habe, denn woher kämen sonst die Schiffs-Anker, die man auf dem Berge St. Bernhard gesehn hat, und die viele Jarhunderte vorher da wären, ehe die Menschen Schiffe hatten.

Stellen sie sich die Erde als eine gläserne Kugel vor, die lange Zeit mit Wasser bedekkt gewesen ist. Je mehr er mir von seiner Weisheit ausschüttete, ie weniger wußte ich, was ich glauben sollte. Wie denn so? erwiederte er; haben sie nicht den Falun in Touraine gesehn, der 36 französische Meilen vom Mere abliegt. Das ist ein Haufen von Muscheln, mit denen man das Land düngen kann, wie mit dem besten Dünger. Wenn nun das Mer nach und nach endlich eine ganze Mine von Muscheln bis zu 36 Meilen weit vom Ocean zusammen gespült hat, warum sollte es nicht viele Jarhunderte lang bis auf dreitausend Meilen weit auf unsrer gläsernen Kugel gewesen sein.

Ich antwortete ihm, mein Herr Teliamed, es giebt Leute, welche in einem Tage 15 Meilen zurükklegen können, aber sie können nicht 50 machen. Ich glaube immer noch nicht, daß mein Garten von Glas sei, und was ihren Falun betrift, so zweifle ich noch, daß er eine Lage von Mermuscheln sein könne. Man könnte viel ehr annehmen, daß er eine Mine von kleinen Kalksteinen wäre, die man häufig in der Gestalt abgebrochener Muschelstükken findet; gleichwie es Steine giebt, welche die Figur der Zungen haben,

haben, und doch keine Jungen sind; die wie Sterne aussehn, und es doch nicht sind; wie Schlangen, die sich in einander gedreht haben, und doch keine Schlangen sind; wie die Schamtheile des weiblichen Geschlechts, und doch kein Theil von ihnen sind. Man sieht Dendriten, figurirte Steine, die Bäume und Häuser vorstellen, und doch sind diese kleine Steine niemals Häuser und Eichen gewesen.

Wenn das Mer so viele Lagen von Muscheln in Touraine angesezt hätte, warum sollte es Bretagne, Normandie, Piccardie und alle andre Küsten verschont haben? Ich fürchte immer, der so oft vorgebrachte Falun, wird eben so wenig aus dem Mere kommen, als die Menschen. Und wenn das Mer sich auch sechs und dreißig Meilen weit ergossen hätte, so folgt daraus noch nicht, daß es sich auch dreitausend, oder auch nur dreihundert Meilen müsse ausgebreitet haben, daß daher eben alle Berge aus seinen Fluthen entstanden sein müßten. Ich hätte immer eben soviel Recht zu sagen, das Mer sei aus dem Caucusus entsprossen, als der Caucusus aus dem Mere.

Aber mein Herr Ungläubiger, was würden sie denn wol zu den versteinerten Austernschalen sagen, die man auf den Gipfeln der Alpen gefunden hat?

Ich würde sagen, mein Herr Erschaffer, daß ich eben so wenig versteinerte Austern, als Schifsanker auf den Gipfeln des Berges Cenis gesehn hätte; ich würde sagen, was man schon zur Antwort

wort gegeben hat, daß man Austerschälen, die sich sehr leicht versteinern, in großen Entfernungen vom Mere antrift; wie man römische Medaillen hundert Meilen von Rom ab ausgegraben hat; und ich wollte lieber glauben, daß Pilgrimme von St. Jaques einige Muscheln bei St. Maurice zurükk gelaßen hätten, ehe ich annehmen wollte, das Mer habe den St. Bernardsberg aufgeworfen. Man findet solche Lagen von allerhand Muschelwerke allenthalben. Aber ist es darum ausgemacht, daß sie nicht von den Schuppen- und Schalfischen aus unsern Seen und Flüssen eben sowol, als von kleinen Merfischen seyn können.

— Mein Herr Ungläubiger, ich werde sie zum Gelächter machen in der Welt, die ich zu erschaffen gedenke.

— Mein Herr Erschaffer, das sei ihnen erlaubt; ieder ist Herr in seiner Welt. Aber sie werden mich niemals überreden, daß die, welche wir bewonen, von Glas sei; noch daß einige Muscheln Beweise sind, daß das Mer die Alpen oder den Taurus hervorgebracht habe. Sie wissen, daß keine einzige Muschel auf den Amerikanischen Bergen ist. Diese Halbkugel müssen sie also wol nicht erschaffen haben, sondern zufrieden gewesen sein, daß sie mit der alten Welt fertig waren; das war auch genung.

— O mein Herr, wenn man noch keine Muscheln auf den Amerikanischen Bergen entdekkt hat, so wird es noch geschehn.

— Mein

— Mein Herr, sie sprechen als Erschaffer, der sein Geheimniß selbst macht, und seiner Sache gewiß ist. Ich überlasse ihnen und ihrer Meinung, wenn sie es so haben wollen, den Falun, belieben sie mir nur meine Gebirge zu laßen. Im übrigen aber bin ich der ergebenste und gehorsamste Diener von ihrer Vorsehung.

Es war damals, als ich diese Unterredung mit dem Teliamed hatte, ein Irländischer Jesuit, (eine verkleidete Frauensperson) der ein scharfer Brobachter war, und auch gute Vergrößerungsgläser hatte, dieser machte Ale aus Mel von schwarzen Getraidekörnern. Man zweifelte dazumal auch nicht, daß man nicht auch Menschen aus guten Waizenmel machen könnte. Man machte auch gleich Gliedmaßen, aus deren Zusammensezung Menschen wurden. Warum nicht gar Menschen? Ja — hat doch wol der große Meßkünstler Fatio Todten zu London erwekt; so könnte man ia eben so gut, zu Paris, Menschen mit beweglichen Gliedern machen. Allein, da unglücklicher Weise die neuen Ale des Nedham verschwunden waren, so ging es mit den neuen Menschen nicht besser, sie flohen zu den Monaden, die sie in dem angefüllten Raume unter der subtilen kugelrunden zimmtfarbigen Materie antrafen.

Ich will eben nicht sagen, daß diese Schöpfer der Systemen, der Naturlehre nicht große Dienste geleistet hätten; beware Gott, daß ich ihre Arbeiten verachten sollte! Man hat sie mit den Goldmachern verglichen, die zwar kein Gold hervorgebracht, aber doch allerhand gute Mittel, oder wenigstens die Neugier befriedigende Sachen gefunden haben. Man kann immer ein Mann von einem seltnen Verdienste sein, und sich doch in der Bildung der Thiere und dem Bau unsere Erdkugel irren.

Daß aus Fischen, Menschen, und aus Wassern Gebirge wurden, davon hatte ich so viel Schaden nicht, als mir Herr Boudot gethan hatte. Ich war Willens ganz ruhig bei meiner Ungewißheit zu bleiben; aber es kam ein Lappländer, und nahm sich meiner an. Er war ein großer Philosoph; aber er konnte denen Leuten nimmermehr verzeihen, die nicht seiner Meinung waren. Er ließ mich gleich Blikke in die Zukunft thun, und begeisterte meine Seele. Ich nahm in der Begeisterung so verwundernswürdig zu, daß ich in eine Krankheit verfiel; aber er bestrich mich mit Harzpech vom Kopf bis an die Füße, und dadurch wurd ich wieder besser. Kaum konnte ich gehn, so schlug er mir eine Reise nach den Südländern vor, wir wollten da Köpfe von Riesen zergliedern, um die Natur der Sele deutlich kennen zu lernen. Ich konnte die See nicht vertragen, er war also so gut, und fürte mich zu Lande. Er ließ ein großes Loch in die Erdkugel boren; dis Loch ging gerade zu den Patagons. Wir reisten ab; ich brach ein Bein bei dem Eingange ins Loch und man hatte viel Mühe mich wieder zu heilen; es sezte sich aber

ein

ein Knoten an, wo der Bruch gewesen war, der mir sehr zu statten kam.

Ich habe von allen diesen, zum Unterrichte der Welt, die auf diese große Sachen sehr aufmerksam ist, schon in einer meiner Abhandlungen geredet. Ich bin sehr alt; und mag meine Geschwäze gern wiederholen, um sie desto besser den kleinen Knaben in die Köpfe zu bringen, für die ich schon seit so langer Zeit arbeite.

Heirath des Mannes von vierzig Thalern.

Als der Mann von vierzig Thalern sich wieder sehr aufgeholfen, und ein kleines Glück gemacht hatte, so heirathete er ein hübsches Mägdgen, die hundert Thaler Einkünfte hatte. Seine Frau ward bald schwanger. Er suchte also seinen Meßkünstler wieder auf, und fragte ihn, ob sie ihm einen Knaben oder ein Mägdchen bringen würde. Der Meßkünstler antwortete ihm, die Hebammen und Wärterinnen pflegten das wol zu wissen, die Naturlehrer aber, welche die Sonnen- und Mondfinsternisse vorhersagten, wären nicht so erleuchtet, wie sie.

Hierauf wollte er auch wissen, ob sein Son oder seine Tochter schon eine Sele hätten. Der Meßkünstler antwortete, darauf verstehe er sich nicht, er müsse sich darnach bei den Gottesgelehrten erkundigen. Der Mann von vierzig Thalern, der nun schon ein Mann von wenigstens zweihundert Thalern war, fragte weiter an welchem Orte sein Kind sei; in einer kleinen Tasche erwiederte sein Freund, zwischen der Blase und dem Zwölffingerdarm. Ach Gott und Vater, schrie er, die unsterbliche Sele meines Sones hat ihren Ursprung und Aufenthalt zwischen den Urin und noch etwas schlimmern! Ja, mein liebster Nachbar, die Sele eines Cardinals hat keine andre Wiege; und dabei thut man doch groß, und macht so viel Wesens von sich. Ach mein Herr Gelehrter, könnten sie mir nicht sagen, wie die Kinder entstehn!

Nein, mein Freund! Wenn sie es aber verlangen, so will ich ihnen sagen, was die Weltweisen darüber vorgebracht haben, das heißt, so will ich ihnen sagen, wie die Kinder nicht entstehn.

Erstlich will ich des Ehrw. Pater Sanchez gedenken, der in seinem vortreflichen Buche de matrimonio ganz der Meinung des Hippocrates ist. Er hält es für so gewiß, wie einen Glaubensartikel, daß die beiden vehicula fluida des Mannes und des Weibes hervorspringen und sich vereinigen, und daß durch diese Vereinigung den Augenblick das Kind empfangen ist. Der Neuverehlichte war mit dem Hippocates zufrieden, und schmeichelte sich, daß seine Frau alle Bedingungen erfüllt habe, die dieser Arzt erfordre, wenn ein Kind gezeugt werden soll.

Zum Unglükk aber, antwortete ihm sein Nachbar, giebts viele Weiber, die keinen Liquor ver-

vergießen, ia die nicht einmal die Umarmungen ihrer Männer andres als mit Wiederwillen annehmen, und doch Kinder davon bekommen. Dis allein wirft die Hypothese des Hippocrates und Sanchez über den Haufen.

Und was noch mehr ist, es ist sehr warscheinlich, daß die Natur in gleichen Fällen immer nach gleichen Grundsäzen verfare. Nun sind aber viele Thiergeschlechter, welche sich ohne Begattung fortpflanzen, wie die Schalfische, die Austern, die Baumläuse. Die Naturkündiger mußten also einen andern Mechanismus der Zeugung suchen, der auf alle Thiere anzuwenden war. Der berümte Harvey, der am ersten den Umlauf des Gebluts erwies, und der es verdiente das Geheimniß der Natur entdekkt zu haben, glaubte es in den Hünern zu finden. Sie legen Eier. Er urtheilte also, die Weiber legten auch. Die unnüzen Lustigmacher sagten gleich, nun wisse man doch, woher es komme, daß die französischen Bürger und einige Hofleute ihre Weiber oder Maitreßen mein Hünchen nennen, und warum man sage, daß die Weiber verbult (coquet) sein, weil sie wünschten, daß die Häne (coqs) sie schön finden mögten. Dieser Scherze ungeachtet, änderte doch Harvey seine Meinung nicht, und es ward in ganz Europa angenommen, daß wir aus einem Ei entstehen.

Der Mann von vierzig Thalern.

Aber mein Herr, sie haben mir gesagt, daß die Natur sich selbst immer änlich ist, daß sie immer

mer in gleichen Fällen nach gleichen Grundsäzen verfare; die Weiber, die Stuten, die Eselinnen, die Ale legen ja nicht. Sie machen mir etwas weiß.

Der Meßkünstler.

Sie legen nicht auswendig, aber sie legen inwendig; sie haben Eierstöcke wie alle Vögel; und die Stuten und die Ale auch. Ein Ei löst sich vom Eierstoff ab, und wird in der Gebärmutter gelegt. Betrachten sie alle Schalfische und die Fröschen, sie laichen, und das Männchen befeuchtet die Eier. Die Wallfische und andre Meerthiere dieser Art, laßen die Eier in ihrer Gebärmutter auskriechen. Die Mülben, die Motten, die allergeringsten Insekten, sind augenscheinlich aus einem Ei gebildet. Alles kömmt aus dem Ei, und unsre Erdkugel ist ein großes Ei, das alle die andern enthält.

Der Mann von vierzig Thalern.

Nun gestehe ichs ein, dieses System hat alle Kennzeichen der Warheit; es ist einfach, ist sich durchgehends gleich, ist auch bei mehr als der Hälfte von Thieren augenscheinlich bewiesen. Ich bin sehr damit zufrieden, ich verlange kein anders; die Eier meiner Frau sind mir sehr lieb.

Der Meßkünstler.

Man ist dieses Systems in die Länge endlich müde geworden, und hat die Kinder auf eine andre Art gemacht.

Der

Der Mann von vierzig Thalern.
Ei warum denn, da dieses so natürlich ist?
Der Meßkünstler.
Weil man vorgab, unsre Weiber hätten keinen Eierstock, sondern nur kleine Glandeln.
Der Mann von vierzig Thalern.
Es kömmt mir fast vor, als wenn die Leute, die ein andres System vorzubringen hatten, die Eier nur hätten außer Credit sezen wollen.
Der Meßkünstler.
Das könnte wol sein. Zwey Holländer gaben sich damit ab, die Samen-Feuchtigkeit von Menschen und Thieren mit einem Vergrösserungs-Glase zu untersuchen, und glaubten darinn ganz ausgebildete Thiere zu finden, die mit einer unbegreiflichen Geschwindigkeit liefen. Daraus urtheilte man nun, das männliche Geschlecht thue alles, und das weibliche nichts; sie dienten zu nichts als den Schaz zu tragen, den jene ihnen anvertrauet hätten.
Der Mann von vierzig Thalern.
Das ist ja etwas sonderbares. Ich hätte gar viel einzuwenden wieder diese kleinen Thiere: Sie sollen sich auf eine so wunderbare Weise in einer Feuchtigkeit bewegen, und doch hernach unbeweglich in den Eiern der Vögel, und nicht weniger unbeweglich (ein und andern Sturz ausgenommen) in dem Körper des Weibes sein; das leztte scheint nicht natürlich auf das erste zu folgen. Die Natur, soviel ich da-

von urtheilen kann, nimmt solche ungleiche Wege nicht. Aber sagen sie mir doch, wie sind denn nun die kleinen Menschen gestaltet, die solche gute Schwimmer in der Feuchtigkeit sind?

Der Meßkünstler.

Wie Würmer. Es war besonders ein Arzt, Namens Andri, der allenthalben Würmer sahe, und der durchaus das System des Harvey umwerfen wollte. Er würde lieber, wenn es hätte angehen wollen, auch den Umlauf des Bluts abgeschafft haben, blos darum, weil ihn ein andrer endekkt hatte. Endlich fanden sich zwei Holländer, die es kraft ihres Vergrösserungs-Glases so weit brachten, daß der Mensch eine Raupe ward. Wir sind anfänglich Wurm, wie diese, sprachen sie, hernach nehmen wir in unsrer Hülle, wie sie, die ware Puppengestallt an. Und wie die Raupe zuletzt Schmetterling wird, so werden wir Menschen. Das sind unsre Verwandlungen.

Der Mann von vierzig Thalern.

Ei nun gut! Ist man denn dabei geblieben? Ist seit dem nicht eine neue Mode aufgekommen?

Der Meßkünstler.

Man ward es überdrüßig Raupe zu sein. Ein sehr drolligter Philosoph entdekkte in einer Venus physique, daß die anziehende Kraft die Kinder verfertige. Geben sie einmal Achtung, wie das zugeht: Wenn das Keimchen in die Bärmutter gefallen ist; so zieht das rechte Auge das linke an sich, welches denn auch kömmt,

um

um sich als Auge mit ihm zu vereinigen; aber es wird durch die Nase aufgehalten, die es unterweges antrift, und durch die es genöthiget wird sich auf die linke Seite zu stellen. So geht es auch mit den Armen, mit den Schenkeln, und mit den Beinen zu, die an den Schenkeln hängen. Die bedenklichste Schwierigkeit bey dieser Hypothese ist, die Brüste und die Hinterbacken in ihre Lage zu bringen. Nach dieses großen Philosophen Meinung hat das schaffende Wesen ganz und gar keine Absicht bey der Bildung der thierischen Körper gehabt. Er ist weit entfernt zu glauben, daß das Herz da sei, um das Blut einzunehmen und wieder wegzuspritzen, daß der Magen gemacht sei zum Verdauen, die Augen zum Sehen, die Ohren zum Hören; das ist ihm gar zu gemein; Alles entsteht durch die anziehende Kraft.

Der Mann von vierzig Thalern.

Das muß ein Haupt-Narr sein. Ich hoffe doch, daß niemand eine so ausschweifende Träumerei wird angenommen haben.

Der Meßkünstler.

Man hat gewaltig darüber gelacht; aber was das betrübteste dabei war, dieser Unbesonnene machte es wie die Theologen, welche diejenigen aus allen Kräften verfolgen, denen sie Ursach zu lachen gegeben haben.

Andre Weltwelsen haben wieder andre Wege erfunden, die kein größers Glück machten. Nun

Nun ists nicht mehr der Arm, der den andren Arm sucht; es ist nicht mehr der Schenkel, der nach dem andern Schenkel läuft; es sind kleine Frucht-Theilchen, kleine Theilchen des Armes und des Schenkels, die sich eins über das andre ansezen. Man wird endlich noch, wenn man Zeit genung wird verloren haben, wieder auf die Eier zurükkommen müssen.

Der Mann von vierzig Thalern.

Das freut mich. Aber was ist denn bei allen den Streitigkeiten heraus gekommen?

Der Meßkünstler.

Der Zweifel. Wenn die Frage unter die theologischen Facultäten gerathen wäre, so würde man in den Bann gethan, und Blut vergossen haben; Aber unter den Naturlehrern wird bald Friede gemacht. Ein ieder hat mit seiner Frau geschlafen, ohne nur im allergeringsten an ihren Eierstock, oder an ihre Fallopianische Trompeten zu denken. Die Weiber sind schwanger geworden, ohne daß sie sich darum bekümmert hätten, wie es mit diesem Geheimnisse zugehe. Eben so, wie man sein Korn säet, und auch nicht weiß, wie der Same in der Erde keime.

Der Mann von vierzig Thalern.

O! das weiß ich wol; man hat mir gesagt, durch die Fäulnis. Indessen ich muß zuweilen lachen über alle solche Dinge, die man mir vorgesagt hat.

Der Meßkünstler.

Daran thun sie sehr wol. Ich rathe ihnen an allen zu zweifeln, außer daran nicht, daß die drei Winkel eines Triangels zween geraden Winkeln gleich sind, und daß Triangel, welche dieselbe Grundlinie und dieselbe Höhe haben, unter sich einander gleich sind, daß zweimal zwei viere ist, u. s. w.

Der Mann von vierzig Thalern.

Ja, ich glaube, daß es sehr vernünftig ist zu zweifeln; aber ich merke, daß ich neugierig geworden bin, seitdem ich mein gutes Auskommen und müßige Zeit habe. Wenn ich doch sehe, daß mein Wille meinen Arm, oder mein Bein bewegt, so mögte ich auch gern die Triebfeder entdekken, durch welche mein Wille sie in Bewegung sezt; es muß doch eine sein. Ich bin zuweilen ganz voll Verwunderung, daß ich meine Augen aufheben und niederschlagen kann, und kann doch die Ohren nicht spitzen. Ich denke, und ich mögte doch wol — so ein wenig wissen — Wenn mir doch jemand so recht augenscheinlich — welchergestalt — was — wie ein Gedanke ist? Ich habe zuweilen meine Glossen darüber, ob ich denn wol meine Gedanken aus mir selber habe, oder ob mir Gott meine Vorstellungen giebt, ob meine Sele in meinen Körper in sechs Wochen oder in einem Tage gekommen ist, wie sie ihren Siz in meinem Gehirne genommen hat, ob ich viel denke,

denke, wenn ich vest schlafe, und wenn ich im Schlummer bin. Ich zerbreche mir den Kopf damit, daß ich gern wissen mögte, wie ein Körper den andern fortstößt. Meine Empfindungen kommen mir eben so wunderbar vor; ich finde darin etwas göttliches, besonders in dem Vergnügen. Ich habe zuweilen darüber gegrübelt, ob sich nicht noch ein neuer Sinn gedenken ließe; aber ich habe keinen ausfündig machen können. Die Meßkünstler verstehn sich doch auf alle solche Dinge; sein sie so gütig und unterrichten sie mich.

Der Meßkünstler.

Ach, leider, wir sind so unwissend als sie! Wenden sie sich an die Sorbonne.

Der Mann von vierzig Thalern ist Vater geworden.

Dessen Gedanken über die Mönche.

Als der Mann von vierzig Thalern sahe daß er Vater von einem Sone war; so fing er an, sich für eine wichtige Person im State zu halten. Er hoffte auch dem Könige wenigstens zehn Unterthanen zu stellen, die alle nüzlich sein würden. Er machte die besten Körbe von der Welt, und seine Frau war eine vortrefliche Nätherin. Sie war aus der Gegend; wo die Abtei liegt, die hundert tausend Livres Einkommen hat. Eines Tages frug mich ihr Mann, warum diese Herren, deren doch wenige wären, so viele

Theile

Theile von vierzig Thalern verschlungen hätten? Sind sie dem Vaterlande nüzlicher als ich? — Nein, mein lieber Nachbar — Nuzen sie, wie ich, zur Bevölkerung des Landes — Nein, wenigstens nicht dem Anscheine nach — Bauen sie das Feld? Vertheidigen sie den Stat, wenn er angegriffen wird — Nein, sie beten für sie — Gut, ich will auch für sie beten, und wir wollen theilen.

Wieviel glauben sie wol, daß nüzliche Unterthanen des Königreichs, sowol männlichen als weiblichen Geschlechts in den Klöstern stekken?

❊ ❊ ❊

Aus den Verzeichnissen der Intendanten, die gegen das Ende des vorigen Jarhunderts gemacht wurden, erhellet, daß ihrer damals ohngefär neunzig tausend waren.

❊ ❊ ❊

Nach unsrer alten Rechnung müßten sie also, den Mann zu vierzig Thalern gerechnet, zehn Millionen und achtmal hundert tausend Livres besitzen. Wieviel haben sie wol?

❊ ❊ ❊

Das beläuft sich an funfzig Millionen, wenn man die Messen, und die Allmosen der Bettel-Mönche mitrechnet, die in Warheit eine beträchtliche Auflage auf das Volk sind. Ein Bettel-Bruder aus einem Kloster in Paris rümte sich einmal öffentlich, daß sein Bettelsakk ihm so gut, als achtzigtausend Livres Einkommen wäre.

Wir

Wir wollen nun einmal berechnen, wie viel von diesen 50 Millionen, wenn sie unter neunzig tausend geschorne Köpfe vertheilt werden, auf einen kommt — fünfhundert und funfzig Livres.

✻ ✻ ✻

Das ist eine ansehnliche Summe, zumal wenn man davon in einer zalreichen Gesellschaft lebt, wo die Ausgaben wegen der Menge der Zerenden geringer sind. Denn wenn nur zehn Personen zusammen leben, so kostet es ihnen vielweniger, als wenn ieder seine Wonung und Tisch besonders hätte. Es erhellet hieraus, daß die vertriebenen Jesuiten, welche gegenwärtig auf vierhundert Livres Pension stehn, bey diesem Schritte wirklich verloren haben.

✻ ✻ ✻

Das glaube ich nicht; denn sie haben sich fast alle zu ihren Verwanten begeben, die sie unterstützen. Viele lesen Messe für Geld, welches sie vorher nicht thaten; einige sind Lehrmeister der Jugend geworden; andre werden von andächtigen Leuten unterhalten.

Ein ieder hat sich Rath geschafft. Und vielleicht würde man derer izt sehr wenige finden, die ihre alte Ketten wieder anlegen wollten, nachdem sie die Welt und die Freiheit gekostet haben. Das Mönchsleben, man sage immer davon, was man will, ist keinesweges zu beneiden. Der Ausspruch ist bekannt genung, daß die Mönche, Leute sind, welche zusammenkommen,

ohne

ohne sich zu kennen, leben, ohne sich zu lieben, sterben, ohne sich zu bedauren.

❀ ❀ ❀

Sie sind also wol der Meinung, daß man ihnen einen sehr großen Dienst leisten würde, wehn man ihnen allen die Kutten auszöge.

❀ ❀ ❀

Sie würden außer Zweifel dabei viel gewinnen, und der Stat noch mehr. Man würde dem Vaterlande Bürger und Bürgerinnen wiedergeben, die verwegner Weise ihre Freiheit in einem Alter aufgeopfert haben, wo ihnen die Geseze noch nicht verstatteten 10 Sous Einkommen zu verwalten. Man würde diese Leichname aus ihren Gräbern hervorziehn; das würde eine ware Auferstehung sein. Ihre Häuser würden öffentliche Gebäude, Hospitäler, öffentliche Schulen oder Manufakturen werden. Die Bevölkerung würde viel größer, und alle Künste besser getrieben werden. Man könnte aber doch wenigstens die Anzal dieser freiwilligen Opfer verringern, wenn man die Anzal der Novizien bestimmte. Das Vaterland würde mehr brauchbare Leute, und weniger Unglükkliche haben. Das ist die Meinung aller Gerichts-Höfe; das ist der einstimmige Wunsch des Volks, seitdem unsre Einsichten mehr aufgeklärt worden sind. Das Beispiel von Engelland, und so vieler andern Staten ist ein augenscheinlicher Beweis von der Nothwendigkeit einer solchen Verbesserung. Was würde wol Engelland heu-

heutiges Tages sein, wenn es anstatt vierzig tausend Menschen auf den Schiffen zu haben, vierzig tausend Mönche hätte. Je mehr sich die Künste vermehrt haben, desto nothwendiger ist die Vielheit der arbeitenden Hände geworden. Es liegen zuverläßig in den Klöstern viele Talente vergraben, die für den Stat verloren sind. Man muß, um ein Reich blühend machen, so wenig Geistliche als möglich, und so viel Künstler darinn haben, als möglich ist. Die Spuren von der Unwissenheit und Barbarei unsrer Väter müssen uns keine Regel, sondern eine Erinnerung sein, das zu thun, was sie gethan haben würden, wenn sie mit unsern Einsichten an unsrer Stelle gewesen wären.

※ ※ ※

Es geschieht also nicht aus Haß gegen die Mönche, daß sie dieselben abschaffen wollen; sondern aus Mitleiden mit ihnen und aus Liebe fürs Vaterland?. Ich denke wie sie. Ich wollte nicht, daß mein Son ein Mönch würde. Und wenn ich glaubte, daß ich Kinder bekommen sollte, die solche Kloster-Sclaven würden, so wollte ich nicht mehr bei meiner Frau schlafen.

※ ※ ※

Wo ist wol ein warer Vater seiner Kinder, der nicht darüber seufzen sollte, seinen Son oder seine Tochter für die Gesellschaft verloren zu sehn? Das heißt mit seinem eigentlichen Namen davon laufen; wenn ein Soldat aber wegläuft da er streiten soll, so wird er gestraft. Wir sind

alle

alle Soldaten des Stats, wir sind im Solde der Gesellschaft, und werden Ueberläufer, wenn wir sie verlaßen. Ja, was sag ich, die Mönche sind Kindermörder, die eine ganze Nachkommenschaft erstikken. Neunzig tausend Eingekerkerte, die lateinisch blarren oder schnaddern, könnten ieder dem State zwei Mitglieder geben; das macht hundert achtzig tausend Menschen, die sie in ihrem Keime erstikken laßen. In einer Zeit von hundert Jaren ist der Verlust nicht mehr zu ermessen. Das ist unwiedersprechlich.

Woher hat sich denn aber das Mönchsleben dergestalt behaupten können? Das kam daher: Die Statsverwaltung war damals seit Constantins Zeiten fast allenthalben abscheulich und ungereimt; das römische Reich hatte mehr Mönche, als Soldaten; in Egypten allein waren ihrer hundert tausend; sie waren von Arbeiten und Auflagen frei; Die Häupter der barbarischen Völker die das Reich verwüsteten, und Christen geworden waren, um über Christen zu herrschen, übten die allerentsezlichste Tirannei aus; man lief also haufenweise nach den Klöstern, um der Wuth dieser Tirannen zu entgehn, man stekkte sich in eine Sclaverei, um der andern zu entrinnen; die Päbste bekamen durch Stiftung so verschiedener Orden von heiligen Taugenichts, eben so viel Unterthanen in den andern Staten; Der Bauer wollte lieber ehrwürdiger Vater genannt sein, und den Segen geben, als hinter den Pfluge gehn; denn er weiß nicht, daß der Pflug viel

E 2 edler

edler ist, als die Kutte; er will lieber auf Unkosten der Narren leben, als sein Brod mit ehrlicher Arbeit erwerben; und endlich weiß er auch nicht, daß er durch Erwälung des Mönchslebens sich unglükliche Tage bereitet, die voller Verdruß und Reue sein werden.

❊ ❊ ❊

O weg mit den Klöstern! Keine Mönche mehr! das würde ihnen und uns zum Besten sein. Ich ärgere mich allemal, wenn ich den Lehns-Herren unsers Dorfs, der ein Vater von vier Sönen und drei Töchtern ist, sagen höre, er wisse nicht, wie er sie alle unterbringen solle, wenn er seine Töchter nicht ins Kloster stekke.

❊ ❊ ❊

Dergleichen Reden werden nur gar zu oft gehört; sie sind aber unmenschlich, unpatriotisch und der Erhaltung der Gesellschaft zuwieder.

Sobald man von einer Lebensart, es sei welche es wolle, sagen kann, wenn sie ein ieder erwälen sollte, so würde das menschliche Geschlecht verloren sein; so bald ist es auch erwiesen daß sie nichts tauge, und daß derienige, der sie erwält, dem menschlichen Geschlechte schade, so lange er darinn ist. Nun ist es klar, daß wenn alle Knaben und Mädgen sich einkleiden ließen, so würde die Welt untergehn; Also ist der Mönchsstand in dieser Absicht allein schon ein Feind der menschlichen Natur, ohne daß ich einmal der erschröfflichen Uebel erwäne, die er zuweilen verursacht hat.

Könnte

Könnte man von den Soldaten aber nicht eben das sagen?

❋ ❋ ❋

Nein, gar nicht. Denn wenn ein jeder Bürger nach der Reihe in den Krieg zöge, wie es sonst in allen Republiken, und besonders in Rom war; so würde der Soldat dadurch ein desto besserer Arbeiter werden. Der Soldat, der ein Bürger ist, verheirathet sich, und streitet für seine Frau und Kinder. Wollte Gott, daß alle unsre Akkerleute Soldaten und verheirathete wären, man würde an ihnen die vortreflichsten Bürger haben. Aber ein Mönch, als Mönch nuzet zu nichts, als den Unterhalt andrer zu verzeren. Das ist die ausgemachteste Warheit.

❋ ❋ ❋

Aber die Töchter, mein Herr, die Töchter der armen Edelleute, die man nicht verheirathen kann, was werden die anfangen?

❋ ❋ ❋

Sie werden es machen, es ist schon tausendmal gesagt, wie die Mägdchen in England, Schottland und Irrland, in der Schweiz, Holland, halb Teutschland, Schweden, Norwegen, Dännemark, Tartarei, Türkei, Afrika, und fast auf dem ganzen übrigen Theile der Erde. Sie werden beßre Frauen, beßre Mütter sein, wenn man es erst, wie in Teutschland, gewont sein wird, ohne Mitgabe zu heirathen. Eine wirthliche und arbeitsame Frau, wird in einem Hause nuzbarer sein, als die Tochter eines reichen Finanz-Pächters, welche für überflüßige Dinge mehr ausgiebt, als sie ihrem Manne eingebracht hat.

Es müssen freilich solche Häuser sein, in welchen alte, schwache ungestaltete Leute einen Zufluchtsort finden können. Allein durch den allerverabscheuungswürdigsten Mißbrauch sind solche Stiftungen blos für junge und mit gesunden Gliedmaßen begabte Personen. Das erste was man in den Klöstern mit denen die eingekleidet werden sollen, vornimmt, ist, daß sie sich, von einem Geschlecht wie von dem andern, wieder alle Geseze der Schamhaftigkeit, nakkend darstellen müssen; Man untersuchet sie genau, vorn und hinten. Es dürfte sich nur eine alte buklliche melden, daß sie ins Kloster wolle, man würde sie mit Verachtung wegjagen, wenn sie nicht etwa einen ungeheuren Schaz mitbringt. Ja, was sage ich, eine jede Nonne muß eine Mitgabe haben, oder sie wird der Spott des ganzen Klosters sein. Ist iemals ein Mißbrauch unerträglicher gewesen?

* * *

Schon genung, mein Herr, ich schwöre ihnen zu, daß meine Töchter niemals ins Kloster kommen sollen. Sie sollen lernen spinnen, nähen, Kanten knöpfeln, stikken, und alles was ihnen nöthig thut um nuzbar zu sein. Ich sehe das Gelübde als ein Verbrechen gegen das Vaterland und gegen sich selbst an. Erklären sie mir

mir einmal, wie es möglich ist, daß einer meiner Freunde, um der allgemeinen Stimme zu wiedersprechen, behaupten kann, die Mönche wären der Bevölkerung des Stats sehr nüzlich, weil sie ihre Gebäude besser unterhalten, und ihre Ländereien besser bearbeiten, als die Lehnsherren.

❀ ❀ ❀

Ei, wo ist denn der Freund von ihnen, der solche seltsame Sachen vorbringt?

❀ ❀ ❀

Es ist der Freund der Menschen, oder vielmehr der Mönche.

❀ ❀ ❀

Das scheint wol sein Scherz gewesen zu sein, er weiß das mehr als zu gut, daß zehn Familien, deren iede fünftausend Livres Einkommen von Ländereien hat, hundert, ia tausend mal nüzlicher sind, als ein Kloster, das funfzig tausend Livres Renten genüßt, und noch immer einen geheimen Schaz daneben hat. Er rümt die schönen Häuser, welche die Mönche haben, und diese sind doch eigentlich das worüber sich die Einwoner beschweren, und worüber ganz Europa Klagen fürt. Das Gelübde der Armuth verdammet die Palläste, so wie das Gelübde der Demuth dem Hochmuthe wiederspricht, und wie das Gelübde sein Geschlecht zu vernichten wieder die Natur ist.

❀ ❀ ❀

Nach gerade fange ich an zu gläuben, daß man sich auf die Bücher nicht immer verlaßen darf.

Man muß mit ihnen umgehn, wie mit den Menschen, die vernünftigsten wälen, sie prüfen, und sich niemals einnehmen laßen, wo man nicht die klare Warheit sieht.

Von den Auflagen die an den Fremden bezalt werden.

Vor einem Monathe kam der Mann von vierzig Thalern zu mir, und lachte so herzlich, daß er sich die Seiten halten, und daß ich mitlachen mußte, ohne zu wissen worüber. So sehr ist der Mensch Nachamer, so leitet uns der Naturtrieb, so sehr theilen sich große Gemüthsbewegungen mit.

Ut ridentibus arrident, ita flentibus adflent *)
Humani vultus.

Nachdem er sich satt gelacht hatte, so sagte er zu mir; er habe eben einem Menschen begegnet, der sich Protonotarius des heiligen Stuls nennete, und eine große Summe Geldes an dreihundert Meilen von hier nach Italien im Namen eines Franzosen schikkte, dem der König ein kleines Lehn gegeben habe, der aber dieser königlichen Gnade nicht genüßen könne, wenn er nicht das erste Jar den Ertrag desselben an diesen Italiäner entrichtete.

Die

---

*) Der Jesuit Sanadon sezte adflent für adflent. Und ein Liebhaber des Horaz meinte, daß man aus dieser Ursach die Jesuiten verjagt habe.

Die Sache ist vollkommen war, sagte ich darauf, aber sie ist eben nicht zum Lachen. Diese geistliche Schazungen kosten Frankreich iärlich an viermal hunderttausend Livres; und seit zwei und einem halben Jarhunderte, seit dieser Gebrauch aufgekommen ist, haben wir schon achtzig Millionen nach Frankreich geschikkt.

Ums Himmelswillen, rief er aus, wieviel mal sind das vierzig Thaler! Es ist also schon zwei und ein halbes Jarhundert her, daß wir diesen Italiäner unterwürfig wurden! daß er uns Tribut auflegte! O in Warheit! antwortete ich, eher dem forderte er ihn auf eine viel lästigere Weise. Das ist nur eine Kleinigkeit, in Vergleichung mit dem, was er sonst von unserm armen Volke, und von andern armen Völkern in Europa zog. Darauf erzälte ich ihm, wie diese heiligen Mißbräuche aufgekommen wären. Er weiß ein wenig Geschichte, er hat einen guten Verstand, er begrif also gar leicht, daß wir Sklaven gewesen waren, die noch ein kleines Stükk von ihrer Kette trügen. Er redete lange Zeit mit vielem Eifer gegen diese Ausschweifungen; aber mit großer Ehrerbietung vor der Religion überhaupt, und mit vieler Achtung gegen die Bischöffe. Er wünschte ihnen viele vierzig Thaler, damit sie viel in ihren Diöcesen auf gute Werke wenden könnten.

Er wünschte auch, daß alle Pfarrer auf dem Lande eine solche Anzal von vierzig Thalern haben mögten, die hinreichend wäre, mit Anstande davon zu leben. Es ist betrübt, sagte er, daß ein

Pfarrer genöthigt sein soll mit seiner Gemeine um drei Korngarben zu streiten, und daß er nicht von der Provinz reichlich bezalt wird. Es ist schändlich, daß diese Herren immer in Proceß mit ihren Patronen liegen sollen. Diese ewigen Streitigkeiten über eingebildete Rechte, über die Zehnden und dergleichen mehr, schlagen gar sehr die Achtung nieder, die man ihnen schuldig ist. Der arme Landmann hat schon an seine Vorgesezten bezalt, seinen Zehnden, die zwei Sous für den Livre, die Steuer, das Kopfgeld, den Servis um die naturelle Einquartirung abzukaufen, und hat sie dennoch nehmen müssen rc. rc. rc.

Dieser Unglükkliche, sag ich, der nun noch einen Zehnden von seiner Aerndte durch den Pfarrer wegnehmen sieht, muß ihn nun nicht mehr als seinen Hirten, sondern als seinen Räuber betrachten, der ihm auch die Haut noch abzieht, nachdem er das Hemde schon gegeben hat. Er sieht wol, indem man ihm die zehnte Garbe nach göttlichem Rechte wegnimmt, daß man die teuflische Grausamkeit beweiset, es ihm nicht anzurechnen, was ihm diese Garbe gekostet habe, um sie zum Wachsthume zu bringen. Was wird er nun für sich und die Seinigen übrig behalten? Nichts, als Wehklagen, Mangel, Muthlosigkeit, Verzweifelung, bis er endlich vor Kummer und Elend sterben muß. Wenn der Pfarrer hingegen von der Provinz bezalt würde, so würde er der Trost seiner Kirchkinder sein, anstatt, daß er izt wie ihr Feind angesehn wird.

Dieser

Dieſer würdige Mann war ganz gerürt, da er dieſe Worte redete. Er liebte ſein Vaterland, und machte faſt ſeinen Abgott aus dem gemeinen Beſten. Er rief zuweilen aus: Was vor ein Volk könnte die franzöſiſche Nation ſein, wenn ſie es wollte!

Wir gingen nun hin ſeinen Son zu ſehen. Wir trafen die Mutter ſehr ordentlich und reinlich, wie ſie eben ihrem Kinde eine volle weiße Bruſt reichte. Das Kind war auch ſehr hübſch. Ei, ſagte der Vater, ſiehe, da biſt du ia nun auf der Welt, und haſt nicht mehr als drei und zwanzig Jare zu leben und vierzig Thaler zu fordern.

Von den Verhältniſſen.

Was von den beiden Extremen eines Vernunftſchluſſes gilt, iſt gleich dem, was von dem mittlern Hauptbegriffe gilt. Aber zwei geſtolne Säkke Korn verhalten ſich nicht gegen die, welche ſie genommen haben, wie der Verluſt ihres Lebens gegen den Nuzen der beſtolnen Perſon. Der Prior von *** welchem zwei ſeiner Knechte, zwei Maß Korn geſtolen hatten, ließ die beiden Verbrecher henken. Dieſe Hinrichtung koſtete ihm mehr, als ſeine ganze Aerndte nicht werth war, und ſeit der Zeit kann er keine Knechte mehr bekommen.

Wenn die Geſeze verordnet hätten, daß die, welche ihren Herren Getraide ſtelen, ſein Feld Zeitlebens mit Ketten an den Füßen, und mit einer

ner Schelle am Halseisen bearbeiten sollten; so würde der Herr Prior viel gewonnen haben.

Man muß vor dem Verbrechen Entsezen erregen. Ja, allerdings: Erzwungne Arbeit aber und daurende Schande schrekken me[hr] ab, als der Galgen.

Vor einigen Monathen ward in London ein Missethäter verurtheilt, nach Amerika gebracht zu werden, um dorten in den Zukkermülen mit den Negers zu arbeiten. Es ist in England, wie in vielen andern Ländern den Verbrechern verstattet, dem Könige Bittschriften zu überreichen, um entweder völlige Gnade, oder Verringerung der Strafe zu erhalten. Dieser bat, man mögte ihn henken, und fürte dabei an, er hasse die Arbeit mehr als den Tod, und wollte lieber in einer Minute erdrosselt sein, als sein ganzes Leben hindurch Zukker machen.

Andre könnten wol anders denken; ein ieder hat seinen Sinn; aber man hat es schon gesagt, und ich muß es wiederholen, ein Gehenkter nuzt zu nichts, die Strafen aber müssen nüzlich sein.

Man verurtheilte vor einigen Jaren in der Tartarei zwei iunge Leute, gespießt zu werden, weil sie mit der Müze auf dem Kopfe eine Procession des Lamas mit angesehn hatten. Der Kaiser von China, der ein Mann von vielem Verstande ist, sagte, er würde sie verurtheilt haben, drei Monathe lang mit bloßen Haupte in Procession zu gehen.

Die

Die Strafen müssen dem Verbrechen angemessen sein, sagt der Marquis Beccaria; die, welche die Geseze gemacht haben, waren keine Meßkünstler.

Wenn der Abt Guyon, oder Cogee, oder die gewesnen Jesuiten Nonot und Patouillet, oder der Predicant la Beaumelle, elende Bücher schmieren, darin keine Warheit, keine Vernunft und kein Verstand ist, müßten sie deshalb gehangen werden, wie der Prior von *** seine zwei Knechte henken ließ; und zwar unter dem Vorwande, daß solche Verläumder schlimmer wären, als die Diebe?

Würde man den Freron deshalb zu den Galeren verurtheilen, weil er den guten Geschmak beschimpft, und sein ganzes Leben hindurch gelogen hat, in der Hoffnung seinen Wirth zu bezalen?

Würde man wol den Herrn Larcher an den Pranger stellen, weil er einen schwerfälligen Verstand hatte, weil er Irrthum auf Irrthum gehäufet, und niemals den geringsten Grad der Warscheinlichkeit unterscheiden konnte, daß er so gar in einer alten weitläuftigen Stadt, die wegen ihrer Policei und der Eifersucht der Männer berümt ist, kurz in Babilon, wo die Weiber durch Verschnittene bewacht wurden, alle Prinzessinnen aus Andacht öffentlich herumlaufen läßt, um ihre Reizungen in der Hauptstadt selbst den Fremden für Geld zu überlaßen? Wir wollen zufrieden sein, ihn dahin zu verurtheilen, daß er selber auf ein solches Glükk laure, und ihn zu dem Ende nach den
heim-

heimlichen Gemächern verweisen. Man muß in allen Maß halten; man muß auch ein Verhältniß zwischen Verbrechen und Strafen beobachten.

Wir wollen dem armen Jean Jacques vergeben, wenn er in allem, was er schreibt, sich selbst wiederspricht, wenn seine Schauspiele auf dem Theater zu Paris ausgepfiffen werden, und er hernach Auswärtige darüber anfällt, die hundert Meilen von ihm ab sind; wenn er Beschüzer sucht, und sie wieder sich aufbringt, wieder die Romainen loszieht, und selbst Romainen schreibt, deren Held ein närrischer Präceptor ist, welcher Allmosen von einer Schweizerin empfängt, die er geschwängert hat, und dann sein Geld in einem Pariser Hurenhause durchbringt. Wir wollen ihn bei dem Glauben laßen, daß er den Fenelon und Xenophon übertroffen habe, da er einen iungen Menschen von Familie zu dem Handwerke eines Tischlers erhob; solche gar außerordentlich gemeine Sachen verdienen doch noch keine Verurtheilung zur Gefängnißstrafe; er mag mit dem Narrenhause davon kommen, wo man ihm zur Ader laßen, gute Suppen reichen, und für seine Gesundheit sorgen wird.

Ich hasse des Drakons Geseze, welche die Verbrechen und die Feler, die Bosheit und die Thorheit mit gleichen Strafen belegen. Wir wollen mit dem Jesuiten Nonnot, der weiter nichts begangen hat, als daß er einfältig und anzüglich schrieb, nicht so verfaren, als man mit den Jesuiten Malagrida, Oldecorn, Garnet,

Gui-

Gnignard, Guerot umgegangen iſt, und wie man hätte mit dem Jeſuiten le Tellier umgehn ſollen, der ſeinen König betrog und Unruhen in Frankreich ſtiftete. Man unterſcheide nur hauptſächlich in einem ieden Proceſſe, in ieder Streitigkeit, in ieder Klage, den Angreifer von dem der gelitten hat, den Unterdrükker und den Unterdrükkten. Der angreifende Krieger iſt ein Wütherich, der ſich vertheidigende ein gerechter Mann.

Als ich in dieſen Betrachtungen vertieft wår, kam der Mann von vierzig Thalern zu mir, und war ganz in Thränen. Ich fragte ihn ſogleich ganz beſtürzt, ob etwa ſein Son, der drei und zwanzig Jar leben ſollte, geſtorben wäre? Nein, antwortete er, das Kind iſt geſund, und meine Frau auch. Aber ich bin zum Zeugen gegen einen Müller gerufen worden, dem man die ordentliche und außerordentliche Tortur auflegte, und ihn hernach unſchuldig gefunden hat. Ich ſahe ihn, wie er verging unter der verdoppelten Marter; ich habe ſeine Knochen krachen gehört, ich höre noch ſein Geſchrei und ſein Brüllen; es ſchwebt mir immer vor den Ohren; ich weine aus Mitleiden, und zittre vor Abſcheu; ich fing auch an zu heulen und zu iammern, denn ich bin von ſehr weichen Gemüthe.

Hiebei fiel mir die erſchreckliche Begebenheit mit dem Calas wieder ein, eine tugendhafte Mutter in Feſſeln, ihre Töchter in Thränen und auf der Flucht, ihr Haus geplündert, ein ehrwirdiger Vater durch die Tortur gelämt, im Todeskampfe

auf

auf dem Rade, und sterbend in den Flammen; ein Son mit Ketten beschwert, und vor die Richter geschleppt, deren einer ihm sagt: Wir haben euren Vater gerädert, wir wollen euch auch rädern.

Ich erinnerte mich auch der Familie von Sirven, die einer meiner Freunde auf Gebirgen antraf, die mit Eis bedekkt waren, als sie vor der Verfolgung eines eben so unbilligen, als unwissenden Richters flohe. Dieser Richter, erzälte er mir, hat diese ganze unschuldige Familie zum Tode verdammt, nachdem er ohne den geringsten Schein des Beweises angenommen hatte, daß Vater und Mutter mit Hilfe zweier ihrer Töchter der dritten den Hals abgeschnitten und sie ins Wasser geworfen hätten, aus Furcht, sie mögten in die Messe gehn. In Urtheilen von dieser Art, sahe ich alles zugleich, außerordentliche Dummheit, Ungerechtigkeit und Barbarei.

Wir beklagten die menschliche Natur, der Mann von vierzig Thalern und ich. Ich hatte die Schrift eines Generaladvokaten von Dauphine in der Tasche, welche es zum Theil mit diesen wichtigen Materien zu thun hatte. Ich las ihm daraus folgende Stellen vor.

„Es waren in der That Leute von einer wa„ren Größe, die es zuerst unternahmen sich mit „der Regirung ihrer Nebenmenschen zu beschwe„ren, und sich die Last der öffentlichen Glükkse„ligkeit aufzulegen, sich um der Wolthaten wil„len, die sie den Menschen erweisen wollten, ihrer
„Un-

„Undankbarkeit auszusezen, und um der Ruhe
„ihres Volks willen die ihrige aufzugeben; sie
„sezten sich, so zu reden, zwischen die Menschen
„und die Vorsehung, um das Glükk, welches sie
„denselben versagt zu haben schien, ihnen durch
„Kunstgriffe zu bereiten."

„Welcher Richter, der nur einiges Gefül ge=
„gen seine Pflichten, oder gegen die Stimme der
„Menschlichkeit hat, könnte wol solche Vorstel=
„lungen ertragen? Könnte er in der Einsamkeit
„seines Cabinets seine Augen auf diese Pappiere
„werfen, auf diese unglükklichen Denkmale des
„Verbrechens oder der Unschuld; ohne von Ab=
„scheu und Erbarmen erschüttert zu werden.
„Muß es ihm nicht vorkommen, als höre er
„seufzende Stimmen, aus diesen unglükklichen
„Schriften hervorgehn, die ihn drängen über
„das Schikksal eines Bürgers, eines Gemals,
„eines Vaters, einer Familie zu entscheiden?
„Welcher Richter könnte so unbarmherzig sein,
„und mit kaltem Blute vor einem Gefängnisse
„vorbeigehen, darin er auch nur einen Missethä=
„ter eingeschlossen hielte? Ich bin es also, würde
„er sagen, der in diesem verwünschten Aufent=
„halte meinen Nächsten, vielleicht meines gleichen,
„meinen Mitbürger, es ist genung, einen Men=
„schen zurükkhält; ich bin es, der ihn täglich seine
„Fesseln anlegt; der diese verhaßte Thüren vor
„ihm verschließet; vielleicht, daß die Verzweif=
„lung sich seiner Sele schon bemächtiget, daß er
„meinen Namen mit Flüchen gen Himmel stößt;

F   „und

„und außer Zweifel schreit er über mich zu dem
„großen Richter auf, der uns beide beobachtet,
„und uns beide dereinst richten wird."

„Hier stellt sich meinen Augen auf einmal ein
„erschrekkliches Schauspiel vor; der Richter wird
„müde mit Worten zu fragen; er frägt durch
„Martern; ungeduldig in seinen Untersuchungen,
„und vielleicht aufgebracht, daß sie vergeblich
„waren, schreitet er zu den Torturen, man holt
„alle die peinigenden Werkzeuge, welche die
„Grausamkeit zur Erregung des Schmerzes er-
„funden hat. Der Scharfrichter menget sich
„in das Amt der Gerichtspersonen, und endiget
„mit der Gewaltthätigkeit eine Untersuchung, die
„mit Freiheit angefangen war."

„Sanfte Weltweisheit, die du nichts als die
„Warheit mit Aufmerksamkeit und Geduld su-
„chest, konntest du es erwarten, daß man in dei-
„nem aufgeklärten Jarhunderte, solche Werkzeuge,
„sie zu entdekken gebrauchen würde!"

„Ist es denn wol war, daß unsre Geseze ein
„solches unbegreifliches Verfaren billigen, und
„daß es der Gebrauch in seinem Ansehen läßt?"

„Ihre Geseze richten sich nach ihren Vorur-
„theilen; die öffentlichen Bestrafungen sind eben
„so grausam, als die Privat-Rache, sie handeln
„aus Ueberlegung nicht weniger unbarmherzig,
„als aus Leidenschaften. Was ist denn die
„Ursach

Urſach eines ſo wunderlichen Wiederſpruchs?
„Weil unſre Vorurtheile alt ſind, und unſre
„Sittenlehre neu; weil wir eben ſo durchdrungen
„von unſern Empfindungen, als unachtſam auf
„unſre Begriffe ſind; weil die Begierde nach Ver‐
„gnügungen uns verhindert, über unſre Bedürf‐
„niſſe nachzudenken, und weil wir mehr dafür
„ſorgen zu leben, als uns zu regiren. Mit
„einem Worte, weil unſre Sitten ſanft, aber
„nicht gut ſind, weil wir zwar höflich, aber noch
„nicht einmal menſchlich ſind.“

Dieſe Stellen, welche die Menſchlichkeit dem
Redner eingegeben hatte, waren ein recht ange‐
nehmer Troſt für meinen Freund; voll Rürung
bewunderte er ſie. Iſt es möglich, brach er aus,
daß man ſolche Meiſterſtükke in den Provinzen
macht. Ich dachte, dazu wäre nur Paris in
der Welt?

Ja, nur Paris, ſagte ich ihm, wo man Ope‐
ra comiques veſſertiget: Aber in den Provinzen
giebt es heutiges Tages viele obrigkeitliche Perſo‐
nen, die eben ſo tugendhaft denken, und ſich mit
gleicher Stärke ausdrükken können. Sonſt wa‐
ren die erleuchteteſten Kenner der Gerechtigkeit und
der Tugendlehren nur lächerlich. Ein Doktor
Balouard war Redner vor Gericht und Arle‐
quin auf der Kanzel. Endlich iſt denn die Philo‐
ſophie gekommen, und hat ihnen geſagt: Redet
nicht öffentlich, als wenn ihr neue und nüzliche

F 2   War‐

Warheiteu zu sagen habt, und sagt sie mit Beredsamkeit, mit Gefül und mit Vernunft.

Wenn wir aber nichts neues zu sagen haben! fingen die Schwäzer an zu schreien: S schweigt stille, antwortete die Philosophie: Alle ſche lere ausgeschmükfte Reden, die nichts als Redensarten enthalten, sind wie das St. Johannisfeuer, welches an dem Tage des Jares angezündet wird, da man am wenigsten nöthig hat sich zu wärmen; es macht nicht das geringste Vergnügen, und es bleibt nicht einmal die Asche davon übrig.

Wenn doch ganz Frankreich die guten Bücher lesen wollte. Aber ungeachtet, daß der menschliche Verstand soviel neue Schritte gethan hat, liest man doch sehr wenig; und unter denen die ia noch zuweilen lehrbegierig sind, lesen die meisten sehr schlecht.

Meine Nachbaren und Nachbarinnen bringen den Nachmittag mit einem Engltschen Spiele zu, das ich kaum aussprechen kann, man nennt es Wiff. Viele gute Bürger, viele dikke Köpfe, die sich für gute Köpfe halten, sagen uns mit einer wichtigen Mine, daß die Bücher zu nichts nüzen. Aber, meine gute Herren, wißt ihr wol, daß ihr allein durch Bücher regirt werdet? Wißt ihr wol, daß die bürgerlichen, die Kriegesgeseze und das Evangelium, Bücher sind, von denen ihr beständig abhänget? Leset, klärt euren Verstand auf, das Lesen allein kann eure Selenkräfte

ver-

verbessern. Der Umgang zerstreuet, und das Spiel schränkt ein.

Ich habe sehr wenig Geld, antwortete mir der Mann von vierzig Thalern, aber wenn ich iemals reicher werden sollte, so würde ich mir Bücher bei Marc-Michel Rey kaufen.

Von einer anstekkenden Krankheit.

Der Mann von vierzig Thalern wonte in einer kleinen Landschaft, in welche man seit hundert und funfzig Jahren keine Soldaten ins Standquartier gelegt hatte. Die Sitten waren in diesem Winkel der Erde so rein, wie die Luft, die ihn umgab. Man wuste noch nicht, daß die Liebe anderwärts von einem tödtenden Gifte angestekkt würde; noch daß die Zeugungen in ihrer ersten Anlage angegriffen werden könnten. Man wuste noch nicht, daß die Natur sich selbst widersprechen, und die Zärtlichkeit grausam, und das Vergnügen abscheulich machen könnte. Man überließ sich der Liebe mit der Sicherheit die die Unschuld begleitet. Aber es kamen Truppen, und alles änderte sich.

Zwei Lieutenants, der Feld-Pater des Regiments, ein Corporal, ein neugeworbner Soldat, der erst von Schulen kam, waren genung, zwölf Dörfer, in weniger, als drei Monathen zu vergiften. Zwei Mumen des Mannes von vierzig Thalern sahen sich mit dikken Beulen bedekkt, ihre schöne Hare fielen aus, ihre Stimme ward rauh; ihre Augen stunden starr und verloschen, ihre Augenlieder schwollen und überzogen sich mit blaugelber Farbe, und schloßen sich nicht mehr, um Ruhe in die getrennten Glieder kommen zu laßen, die eine verborgne Fäulniß schon zu zerfreßen anfing, wie dem Araber Job wiederfur, ob er gleich bey weiten niemals diese Krankheit gehabt hat.

Der Regiments-Feldscher war genöthiget sich Gehilfen beim Hofe auszubitten, um alle Mädchen im Lande zu heilen. Der Krieges-Minister, der immer sehr dafür war, dem schönen Geschlechte zu Hilfe zu kommen, schikte einen Transport von Barbiergesellen, die mit einer Hand wieder verdarben, was sie mit der andern gut machten.

Der Mann von vierzig Thalern las damals die philosophische Geschichte des Candide, aus dem Teutschen des Doktor Ralph übersezt, welcher auf klärste beweiset, daß alles gut ist, und daß es durchaus unmöglich in der besten Welt unter den möglichen sei, daß die Lustseuche, die Pest, der Stein, die Gicht, die Drüsen am Halse, die Kammer von Valence und die Inquisition mit in die Zusammensezung der Welt kommen könnten, dieser Welt, die einzig und allein für den Menschen, den König der Thiere gemacht ist, der das Ebenbild Gottes ist, dem er, wie man wol sieht, wie zwei Tropfen Waßer gleichet.

Er

Er las in der warhaften Geschichte des Candide, daß der berümte Doktor Panglofs in der Cur ein Auge und ein Ohr verloren hatte. Ach das ist ia zum Erbarmen! sagte er, werden denn meine armen Mumen, die armen Kinder, werden sie denn auch einäugig oder einöhrig werden? Nein, sagte ihm sein Tröster, der Regimentsfeldscher; die Teutschen, welche Panglofs curirten, haben nur eine so schwere Hand, bei uns heben wir die Krankheiten geschwinder, sichrer und auf eine angenehmere Weise.

Und in der That die beiden hübschen Mumen kamen so davon, daß sie sechs Wochen lang einen geschwollnen Kopf gehabt hatten, dikk wie einen Ballon, daß sie ihre Zäne verloren, und in 6 Monathen an einer Brustkrankheit starben.

Wärend der Cur hatten der Vetter und der Regimentsfeldscher folgendes Gespräch mit einander.

Der Mann von vierzig Thalern.

Ich es möglich, mein Herr, daß die Natur solche erschrekkliche Qvalen an ein so nothwendiges Vergnügen gehangen hat; so viel Schande an so viel Ehre, und daß es fast gefärlicher ist, ein Kind zu zeugen, als einen Menschen zu tödten! Wäre es denn wenigstens wol war, und könnten wir uns damit trösten, daß dieses Uebel auf Erden ein wenig abnimmt, und daß es von Tage zu Tage weniger gefärlich wird?

F 4 Der

Der Regimentsfeldscher.

Nein, vielmehr breitet es sich in dem christlichen Europa immer mehr aus; und ist sogar schon bis nach Siberien gekommen; ich habe daran mehr als funfzig Personen sterben sehen, und besonders verschiedne grosse Generals und einen sehr klugen Statsminister. Wer eine schwache Brust hat, hält die Krankheit und die Cur sehr selten aus. Die beiden Schwestern, die Pocken und diese Krankheit, haben sich noch vester mit einander verbunden, als die Mönche, das menschliche Geschlecht auszurotten.

Der Mann von vierzig Thalern.

Ein neuer Grund die Mönche abzuschaffen, damit sie, wenn sie wieder unter die Menschen gebracht werden, den Schaden ein wenig ersezen können, den diese beiden Schwestern verursachen. Sagen sie mir doch, ob die Thiere diese ansteckende Krankheit auch bekommen.

Der Regimentsfeldscher.

Weder die Pocken noch diese, auch haben sie unter sich keine Mönche.

Der Mann von vierzig Thalern.

Ich muß also bekennen, daß sie sowol viel glücklicher als auch viel klüger sind, als wir in dieser besten Welt.

Der Regimentsfeldscher.

Daran habe ich niemals gezweifelt, sie sind viel weniger den Krankheiten ausgesezt, als wir; ihr

ihr Naturtrieb leitet sie viel sichrer, als uns unsre Vernunft; niemals werden sie, weder durch das Vergangne noch durch das Zukünftige beunruhiget.

Der Mann von vierzig Thalern.
Sie sind Feldscher bei einem französischen Ambassadeur in der Türkei gewesen; giebt es da viel venerische Krankheiten?

Der Regimentsfeldscher.
Die Europäischen Kaufleute, welche man Franken nennt, haben sie in die Vorstadt Pera gebracht, die sie bewonen. Ich habe daselbst einen Capuciner gekannt, der von dieser Krankheit angefressen war, wie Panglofs; aber in die Stadt ist sie nicht gekommen; denn die Franken schlafen fast niemals darinn. Es giebt keine öffentliche Huren in dieser großen Stat. Die Reichen haben Weiber oder circassische Sklavinnen, die beständig bewart und bewacht werden, deren Schönheit auch nicht gefärlich sein kann. Die Türken nennen die Lustseuche die Christenkrankheit; und das verdoppelt die grosse Verachtung, welche sie gegen unsre Religionslehre haben. Aber dafür sind sie wieder mit der Pest heimgesucht, einer Egyptischen Krankheit, die sie wenig achten, und sich nicht einmal die Mühe geben Vorkerungen dagegen zu machen.

Der Mann von vierzig Thalern.
Zu welcher Zeit meinen sie wol, daß dis Uebel in Europa seinen Anfang genommen habe?

Der Regimentsfeldscher.

Ohngefär um das Jar 1494. als Christoph Colomb von seiner ersten Reise zurükkam, die er in entferute Länder zu unschuldigen Völkern gethan hatte, welche weder den Geiz noch den Krieg kannten. Diese einfältijen und gerechten Nationen waren mit diesem Uebel von undenklichen Zeiten her behaftet, wie die Araber und Juden mit dem Aussaz, und die Egypter mit der Pest. Die erste Frucht also, welche die Spanier von dieser Eroberung der neuen Welt einärndteten, war die venerische Krankheit; sie breitete sich viel schneller aus, als das Mexische Silber, das erst lange Zeit nachher in Europa circulirte. Der Grund davon ist dieser, weil damals in allen großen Stäten schöne öffentliche Häuser waren, die man Bordels nannte, und die unter dem Ansehn des regirenden Fürsten errichtet waren, um die Keuschheit der Damen zu erhalten. Die Spanier brachten das Gift in diese privilegirte Häuser, aus welchen die Prinzen und Bischöffe die Mädchen zogen, die ihnen nöthig waren. Man hat bemerkt, daß zu Costniz siebenhundert und achtzehn Huren waren, zum Dienste des Conciliums, daß den Johann Hus und den Hieronimus von Prag aus heiligem Andachts-Eifer verbrennen ließ.

Man kann aus diesem einzigen Zuge leicht abnehmen, wie schnell das Uebel in alle Länder drang. Der erste unter den großen Herren, der daran starb, war der hochwirdigste und gnädigste

digſte Biſchoff, Vice-König von Ungarn Anno 1499, welchen der große Arzt Bartolomeo Montanaga von Padua nicht geſund machen konnte. Gvaltieri verſichert, daß der Erzbiſchoff von Maynz, Berthold von Henneberg, in die veneriſche Krankheit fiel, und ſeine Sele Gott befal Anno 1364. Es iſt bekannt, daß der König von Frankreich, Franciſcus der erſte, daran ſtarb, daß ſie Heinrich der dritte zu Venedig bekam; aber Jacob Clement kam den Wirkungen der Krankheit zuvor.

Das Parlement von Paris, welches immer voll Eifer für das gemeine Beſte iſt, war das erſte, welches ein Edikt wieder die Luſtſeuche Anno 1497 heraus gab. Es verbot allen damit behafteten in Paris zu bleiben, bei Strafe des Stranges. Aber da es ſich ſo leicht nicht thun ließ, den Bürgern und Bürgerinnen gerichtlich zu erweiſen, daß ſie wieder dis Edikt handelten, ſo that es nicht mehr Wirkung als diejenigen, die nach der Hand wieder den Gebrauch der Brechmittel herauskamen. Man kerte ſich an das Parlament nicht, und die Anzal der Schuldigen vermehrte ſich täglich. Es iſt gewiß, daß wenn man anſtatt des Stranges den Exorciſmus dagegen gebraucht hätte, ſo würde dis Uebel nicht mehr auf Erden ſein; aber unglükklicher Weiſe dachte man daran nicht.

Der Mann von vierzig Thalern.

Iſt es denn wol war, was ich im Candide geleſen habe, daß wenn bei uns zwei Armeen iede

von

von dreißig tausend Mann in völliger Schlachtordnung gegen einander marschirten, daß man darauf wetten könnte, zwanzig tausend venerische unter einer ieden zu finden.

Der Regimentsfeldscher.

Mehr als zu war! Mit den Ausschweifungen in der Sorbonne geht es aber eben so weit. Was sollten wol die iungen Baccalaureen machen, die die Natur weit lauter reden hören, als ihre geistliche Gelehrsamkeit. Ich schwöre ihnen zu, ich und meine Mitbrüder haben, nach Proportion, mehr solche iunge Gelehrten in der Cur gehabt, als iunge Offiziers.

Der Mann von vierzig Thalern.

Wäre denn gar kein Mittel zu finden diese Seuche auszurotten, die ganz Europa verheret. Man hat ia schon Versuche gemacht, das Gift der Pokken zu mindern, ginge es nicht mit dieser Krankheit auch an?

Der Regimentsfeldscher.

Es würde nur ein einziges Mittel sein. Alle Fürsten von Europa müsten zusammen stehn, wie zu den Zeiten des Godofred von Bouillon. Gewiß ein Creuzzug wieder diese Krankheit wäre viel vernünftiger, als iene waren, die man vorzeiten, unglükklicher Weise, wieder den Saladin, Melecsala und die Albigenser unternahm. Es würde viel besser sein, daß man sich einverständigte, wie man den allgemeinen Feind des menschlichen Geschlechts vertreiben wollte, als

daß

daß man immer darauf denkt einen günstigen Augenblikk zu erbetteln, da man das Land verwüsten, und die Felder mit Todten bedekken kan, um seinem Nachbar zwei oder drei Städte und einige Dörfer wegzunehmen. Ich rede gegen meinen Vortheil; den der Krieg und die angefürte Krankheit sind mir einträglich; aber man muß erst Mensch sein, und dann Feldscher.

Auf solche Weise bildete der Mann von vierzig Thalern seinen Geist und sein Herz. Er erbte nicht nur von den beiden Mumen, die in zwei Monathen starben; er gelangte auch zum Besiz des Vermögens eines verstorbenen weitläuftigen Verwanten, der Unterpächter bei den Armen-Hospitälern gewesen, und der sehr fett geworden war, von der Diät, die er den Verwundeten gelernt hatte. Dieser Mann hatte niemals heirathen wollen, aber er hatte ein schönes Serrail. Er bekümmerte sich um keinen von seinen Verwanten, lebte in der Völlerei, und starb zu Paris an der Unverdaulichkeit. Man sieht wol, daß der Mann im State sehr nuzbar war.

Unser neuer Philosoph war genöthiget, nach Paris zu gehn, um die Erbschaft seines Verwandten zu heben. Anfänglich ward sie ihm von den Domainenpächtern streitig gemacht, er hatte aber das Glükk seinen Proces zu gewinnen, und war so großmüthig den Armen in seinem Kreise die ihr behöriges Einkommen von vierzig Thalern nicht hatten, einen Thei von der

Ver-

Verlaßenschaft seines reichen Schwelgers zu geben. Nach diesen befriedigte er auch sein größtes Verlangen eine Bibliothek zu haben.

Er las alle Morgen, machte sich Auszüge, und des Abends befrug er sich bei den Gelehrten; in welcher Sprache die Schlange mit unsrer guten Mutter geredet hätte; ob die Sele in dem callösen Körper, oder in der Zirbeldrüse ihren Siz habe; ob der heilige Petrus zwanzig Jare zu Rom gewesen sei; was vor ein specifischer Unterscheid zwischen einem Thron, und einer Herrschaft sei; warum die Negern breite und dicke Nasen haben 2c. Im übrigen aber war das sein Vorsaz sich niemalen mit der Statsverwaltung abzugeben, noch wieder die neuen Entwürfe zu schreiben. Man nannte ihn Herr Andre, das war sein Taufname. Die ihn gekannt haben, laßen seiner Bescheidenheit und seinen übrigen sowol natürlichen, als erworbnen guten Eigenschaften Gerechtigkeit wiederfaren. Er hat sich ein bequemes Haus, in seiner alten Domaine von vier Hufen gebaut. Sein Son wird bald die Jare haben, daß er die Schule besuchen kann, aber er will, daß er auf das Harcourtsche Collegium, und nicht auf das Mazarinsche gehn soll, wegen des Professors Cogee, der Schmähschriften verfertiget, welches ein Professor doch nicht thun soll.

Madame Andre hat ihm eine sehr hübsche Tochter zur Welt gebracht, die er an einen Steuerrath verheirathen will, wenn er nämlich die Krankheit nicht hat, welche der Regimentsfeldscher aus dem christlichen Europa ausrotten will. Ein

Ein großer Zwiespalt.

In der Zeit daß Herr Andre in Paris war, fiel eine wichtige Streitigkeit vor. Es war die Frage, ob Markus Antoninus ein rechtschaffner Mann gewesen, und ob er in der Hölle, oder im Fegfeuer, oder im Limbus bis zur Auferstehung sei. Alle rechtschaffne Leute nahmen seine Parthei; sie sagten Antonin ist allezeit gerecht, mäßig, keusch und wolthätig gewesen; es ist war, er hat keinen so schönen Plaz im Paradiese, als der heilige Antonius; denn es muß doch ein Verhältniß sein, wie wir schon gesagt haben; aber das ist doch gewiß, daß die Sele dieses Kaisers nicht in der Hölle gebraten wird. Ist sie im Fegfeuer, so muß man sie herausbringen; man braucht ja nur Messen für ihn zu lesen. Die Jesuiten haben nichts mehr zu thun; sie können dreitausend Messen für die Ruhe der Selen des Markus Antoninus lesen, sie werden damit, das Stükk zu funfzehn Sous gerechnet, zweimal hundert und funfzig Livres verdienen. Hienächst ist man auch einem gekrönten Haupte Hochachtung schuldig, und muß es nicht so leicht verdammen.

Die nun diesen guten Leuten wiedersprachen, meinten dagegen, man müsse dem Markus Antoninus nichts bewilligen; er sei ein Kezer, und selbst die Carpocratianer und Aloger, wären nicht so gottlos als er; er sei ohne Beichte gestorben; man müsse an ihm ein Exempel aufstellen; es sei gut ihn zu verdammen, um andern die Köpfe zu recht zu setzen, den chinesischen und türkischen Kaisern,

Kaisern, den Kaisern von Marocco, Japan und Persien, den Königen von Engelland, Schweden, Dännemark, Preußen, dem Stadhouder von Holland, den Schultheißen vom Canton Bern, die eben so wenig zur Beichte gehn, als der Kaiser Markus Antoninus; und endlich fügten sie hinzu, sei es ein Vergnügen, das nicht zu beschreiben wäre, Decrete gegen verstorbne Fürsten abzufassen, die man bey ihrem Leben nicht ausgehn laßen dürfte, aus Furcht seine Ohren zu verlieren.

Der Streit ward so ernstlich, als iener vor Zeiten war, denn die Annonciaden und Ursuliner-Nonnen mit einander hatten, da sie ausmachen wollten, wer am längsten Hüner-Eier mit der Schale zwischen den Hinterbakken tragen könnte, ohne sie zu zerbrechen. Der Streit ward so arg, das man ein Schisma befürchtete, und das ist eine erschrökkliche Sache, es bedeutet die Theilung in den Meinungen; ehe dieser unglükkliche Augenblikk kam, waren alle Menschen eines Sinnes gewesen.

Der Herr Andre, der ein vortreflicher und patriotischer Mann ist, bat die Häupter der Partheien zum Abendbrod. Er ist einer von unsern besten Gesellschaftern, die wir unter uns haben, er ist gesprächig und frei, von einem angenehmen und lebhaften Wesen, aber seine Munterkeit ist nicht lärmend, er hat auch nicht die Art des Wizes, der die Einfälle andrer zu erstikken scheint, das Ansehn welches er sich erwirbt, giebt ihm blos seine Annehmlichkeit, seine Mäßigung, und

eine

eine runde Gesichtsbildung die sehr einnehmend ist. Seine Gäste würden vergnügt bei ihm sein, wenn er auch einen Corsen und einen Genueser, einen Repräsentanten von Genev, und einen Negatifen, einen Mufti und einen Erzbischoff zusammen bei sich bewirthen sollte. Er wandte ganz geschikkt die ersten Streiche ab, als der Streit wieder anfing, indem er die Aufmerksamkeit auf eine Geschichte zog, die er erzälte, und die den Verdammenden und Verdammten gleich wolgefiel. Endlich als der Wein die Geister besser erleuchtet hatte, musten sie es alle unterzeichnen, daß die Sele des Kaisers Markus Antoninus in statu quo verbleiben würde, das heißt: Ich weiß nicht wo, bis zu einem entscheidenden Urtheil.

Die Selen dieser Doktoren gingen, nachdem man vom Tische aufgestanden war, ganz friedsam, lebe in ihren Limbus zurükk; alles ward stille. Dieser getroffne Vergleich machte dem Manne von vierzig Thalern viel Ehre. Und allezeit, wenn sich ein hartnäkkiger oder heftiger Streit erhob, es mogte nun unter Gelehrten, oder Ungelehrten sein; So sagte man zu dem streitenden Theile: Meine Herren, hin zum Souper bei den Herrn Andre.

Ich kenne zwei Partheien, die aufeinander sehr erhizt sind, und sich großes Unglükk zugezogen haben, weil sie nicht bei dem Herrn Andre zum Abendbrode gewesen sind.

G   Ein

Ein Bösewicht wird abgewiesen.

Der Ruf, welchen sich Herr Andre erworben hatte, daß er bei seinen angenehmen Abendgesellschaften so geschikt Zwistigkeiten beilegen könnte, brachte ihm die vergangne Woche einen sonderbaren Besuch zuwege. Ein Mensch, schwarz und schlecht gekleidet, gebükt und den Kopf auf einer Schulter hängend, mit wilden Augen und schmuzigen Händen, kam und bat ihn aufs inständigste, ihn mit seinen Feinden zum Abendessen zu bitten.

Wer sind eure Feinde, sagte Herr Andre, und wer seid ihr? Ach sagte er, ich bekenne es, man hält mich für einen von den Taugenichts, die Schmähschriften verfertigen, um Brod zu verdienen, und die immer Gott und die Religion im Munde füren, um irgend eine kleine Pfründe zu erschnappen. Man beschuldiget mich, ich hätte Verläumdungen ausgestoßen gegen Leute, die warhaftig fromme und aufrichtige Anbeter Gotter Gottes, die ehrlichsten Leute im Königreiche wären.

Es ist war, mein Herr, daß Leuten von meinem Stande in der Hize der Arbeit zuweilen einige kleine Nachläßigkeiten entfaren, die man für grobe Irthümer hält, Abweichungen, die man für unverschämte Lügen ausschreit. Man sieht unsern Eifer an, als eine abscheuliche Mischung von Tüffe und Schwärmerei. Man versichert, so lange wir die Leichtgläubigkeit einiger alten schwachen Mütterchen betrügen, so lange würden wir allen ehrbaren Leuten zum Abscheu und zur Verachtung sein. Meine

Meine Feinde sind die vornehmsten Mitglieder der berümtesten Akademien in Europa, angesehne Schriftsteller, und gutthätige Leute.

Ich habe ein Werk ans Licht gestellt unter dem Titel: Antiphilosophique (gegen die Philosophie). Ich hatte keine andre als gute Absichten dabei; aber niemand wollte mein Buch kaufen. Denen ich es überreichte, die warfen es ins Feuer, und sagten zu mir, es sei nicht allein gegen die Vernunft, sondern auch gegen das Christenthum und gegen die Ehrbarkeit.

Gut, sagte Herr Andre, amt also denen nach, denen ihr eure Schmähschrift überreicht habt, werft sie ins Feuer, und niemand muß mehr davon sprechen. Ich lobe eure Reue sehr; aber es ist nicht möglich, daß ich euch in eine Gesellschaft mit verständigen Leuten einladen kann; die sind auch gewiß eure Feinde nicht; denn sie werden eure Sachen niemals lesen.

Könnten sie mich aber nicht wenigstens, sagte der Heuchler, mit den Verwanten des verstorbenen Montesquieu aussönen, dessen Gedächtniß ich verunehret habe, um den ehrwirdigen Pater Rout hochzupreisen, der sich aufdrang ihn in seinen lezten Stunden beizustehn, und die Thüre gewiesen bekam.

Zum Henker, sagte Herr Andre, wie lange ist der ehrwirdige Pater Rout schon todt, wäret ihr nur zum Abendessen mit ihm.

Der Herr Andre ist ein harter Mann, wenn er mit solchen bösen und närrischen Leuten zu thun hat. Er merkte, daß der Heuchler nur darum mit

mit angesehnen Leuten bei ihm speisen wollte, um mit ihnen in Wortwechsel zu kommen, damit er hernach gegen sie schreiben, sie verläumden und neue Lügen drukken laßen könnte. Er kam aus seinem Hause nicht besser, als Rout aus dem Zimmer des Präsidenten von Montesquieu.

Man kann den Herrn Andre gar nicht betrügen, war er ehedem einfältig und gerade zu, als er ein Mann von vierzig Thalern war, so weiß er izt desto besser um sich, da er unter Leute gekommen ist.

Der gute Verstand des Herrn Andre.

Es ist nicht zu glauben, was sich die Einsichten des Herren Andre aufgeklärt haben, seitdem er eine Bibliothek hat. Er lebt mit seinen Büchern, wie mit Menschen; er wält, und wird niemals durch die Namen betrogen. Was vor ein Vergnügen ist das nicht, für einen Thaler sich Unterricht und Wachsthum seines Geistes verschaffen zu können, ohne, daß man einmal aus dem Hause gehen darf!

Er schäzt sich glükklich in einer Zeit zu leben, da die menschliche Vernunft sich vollkommner zu machen anfängt. Wie übel sagte er, wäre ich dran, wenn ich in dem Zeitalter des Jesuiten Garasse, des Jesuiten Guignard, oder des Doktor Boucher, des Doktor Aubri, des Doktor Guincestre, oder in der Zeit geboren wäre, da man diejenigen auf die Galeren verdammte, welche gegen die Cathegorien des Aristoteles schrieben.

Das

Das Elend des Herrn Andre hatte die Triebfedern seiner Sele erschlaffet, sein Wolstand gab ihnen ihre Spannung wieder. Es giebt tausend solche Andres in der Welt, denen nichts als ein Schwung des Glükkrades felt, so wären sie Leute von einem waren Verdienste geworden.

Er ist mit allen Angelegenheiten von Europa bekannt, und besonders mit dem Fortgange des menschlichen Verstandes.

Es scheint mir, sagte er neulich, daß der gesunde Verstand mit kleinen Schritten von Norden gegen Mittag geht, nebst seinen zwei Freundinnen, der Erfarung und der Religionsduldung. Der Akkerbau und der Handel begleitete ihn. Er hat sich in Italien sehn laßen, aber die Congregation des Verzeichnisses verbothener Bücher, hat ihn wiederum abgewiesen. Alles was er noch thun konnte, war, daß er unter der Hand einige Faktors ausschikfte, die manches gute stiften. Nur noch einige Jare Geduld, so wird das Land der Scipionen nicht mehr das Land der Harlequins in der Kutte sein.

Er findet von Zeit zu Zeit auch grausame Feinde in Frankreich; hat aber seiner Freunde dem ohngeachtet noch soviel, daß er doch endlich einmal Premierminister da werden wird.

Als er sich in Baiern und Oesterreich sehn ließ, so fand er zwei oder drei dikke Köpfe, die ihn aus ihren Peruquen heraus, mit großen Augen voller Erstaunen und Verwunderung ansahen, und zu ihm sagten: Mein Herr, wir haben noch niemals von ihnen was gehört, wir kennen sie nicht. Meine Herren,

Herren, antwortete er, mit der Zeit werden sie mich kennen lernen und liebgewinnen. Man begegnet mir mit vieler Achtung in Berlin, Moskau, Coppenhagen und Stockholm. Ich habe schon seit langer Zeit durch das Ansehn eines Lock, Gordons, Tranchard, Mylord Shaftesbury und vieler andern, das Bürgerrecht in England erhalten. Ich werde es auch von Ihnen einmal bekommen. Ich bin ein Son der Zeit, und ich erwarte alles von meinem Vater.

Als er über die Gränzen von Spanien und Portugall ging; so dankte er Gott, als er sahe, daß die Scheiterhaufen der Inquisition nicht mehr so oft angezündet wurden. Er machte sich gute Hoffnung, als er die Jesuiten vertrieben sahe; stand aber in Sorgen, wenn das Land von den Füchsen gereiniget würde, so mögte es vielleicht den Wölfen ausgesezt sein.

Wenn er einmal neue Versuche macht in Italien einzudringen, so ist man der Meinung, er werde damit anfangen, daß er sich in Venedig niederlaße, und im Königreiche Neapolis aufhalte, aller Zerschmelzungen dieses Landes ungeachtet, die es mit Dünsten anfüllen.

Man sagt von ihm, daß er ein untrügliches Geheimniß besize, die Bande einer Krone aufzulösen, die, ich weiß nicht wie, in die Bande der Päbstlichen Krone verstrikkt sind, und daß er verhindern könne, daß die Zelterpferde nicht mehr abgehn, ihre Verbeugung den Maulefeln zu machen.

Ich

Ich muß sagen, daß ich mich ungemein gern mit dem Herrn Andre unterhalte, und ie mehr ich mit dem Manne umgehe, ie mehr werd ich ihm gut.

Von einem guten Abendbrode bei dem Herrn Andre.

Wir speisten gestern Abend zusammen mit einem Doktor von der Sorbonne, mit dem Herren Pinto, dem berümten Juden, mit dem Capellan von der reformirten Capelle des holländischen Ambassadeurs, mit dem Sekretair des Fürsten Gallizin, der von griechischer Religion, und einem Schweizer=Capitain, der ein Calvinist war, nebst noch zwei Philosophen und drei Frauenzimmern von Verstande.

Wir saßen sehr lange bei Tische, indessen disputirte man so wenig über die Religion, als wenn ieder von den Gästen niemalen eine gehabt hätte. So artig, ich muß es bekennen, sind wir doch geworden, und soviel Behutsamkeit braucht man izt in einer vergnügten Gesellschaft seinen Brüdern keinen Verdruß zu erregen.

Man verfiel zu Anfang auf eine Stelle der Persianischen Briefe; daß die Welt sich nicht allein täglich verschlimmere, sondern auch immer mehr entvölkert werde.

Der Doktor von der Sorbonne versicherte, die Welt habe in der That so abgenommen, daß sie izt fast nichts mehr wäre. Er fürte den Pater Petav an, der es erwiese, daß in weniger als dreihundert Jaren ein einziger Son des Noa eine Reihe von leiblichen Kindern gezeugt hätte, die sich auf sechsmal hundert und drei und zwanzig tausend, sechshundert und

und zwölf Millionen, dreihundert und acht und funfzig tausend Gläubige belief; und das schon im zweihundert fünf und achtzigsten Jare nach der Sündfluth.

Der Herr Andre fragte; warum zu der Zeit Philips des Schönen, nämlich ohngefär dreihundert Jar nach dem Hugo Capet nicht auch sechsmal hundert und drei und zwanzig tausend Millionen Prinzen vom königlichen Hause gewesen wären? Weil der Glaube abgenommen hat, antwortete der Doktor von der Sorbonne.

Man redete viel von den hundert Thoren in Theben, von der Million Soldaten, die aus diesen Thoren herausging mit zwanzig tausend Streitwagen. Schließt zu, schließt zu, sagte Herr Andre, ich bin ohnehin schon auf den Argwon, seitdem ich zu lesen angefangen habe, daß derselbe Geist, welcher Gargantua geschrieben hat, vor Zeiten alle Geschichte verzeichnet habe.

Aber dem sei, wie ihm wolte, fur einer von den Gästen fort, Theben, Memphis, Babilon, Ninive, Troia, Seleucia, waren große Städte und sind nicht mehr. Das ist war, antwortete der Sekretair; aber Moskau, Constantinopel, London, Paris, Amsterdam, Lion, welches besser wie Troia ist, alle französische, teutsche, spanische und nordische Städte waren damals auch nicht.

Der Schweizer-Capitain, ein Mann, der viel Kenntniß hatte, gestand uns, als seine Vorfaren ihre Berge und Klüfte verlaßen wollten, um, wie es vernünftig war, ein angenehmeres Land einzunehmen; so habe Cäsar, der mit eignen Augen das Ab-
zälen

zälen dieser Emigranten ansahe, sie, Greise, Weiber und Kinder mitgerechntt, dreimal hundert und acht und sechszig tausend Köpfe stark gefunden. Itzt hat der einzige Canton Bern soviel Einwoner allein; er ist noch nicht ganz die Hälfte von der Schweiz, und ich kann sie versichern, daß die dreizehn Cantons über siebenmal hundert und acht und zwanzig tausend Selen enthalten; ich rechne aber die Eingebornen, die da dienen, oder in fremden Ländern Handel treiben, mit. Machen sie hiernach, ihr Herren Gelehrten Berechnungen und Systeme, es wird eines so unrichtig werden, als das andre.

Nach diesen warf man die Frage auf, ob die römischen Bürger zu Cäsars Zeiten reicher gewesen wären, als die Bürger von Paris zu den Zeiten des Herren Silhouette.

Ach, das geht mich an, sagte Herr Andre, ich bin lange Zeit ein Mann von vierzig Thalern gewesen, ich glaube wol, daß die römischen Bürger mehr hatten. Diese berümte Räuber hatten die schönsten Länder von Asien, Afrika und Europa ausgeplündert. Sie lebten sehr prächtig von ihren geraubten Gütern; aber es waren doch auch Bettler in Rom; und ich bin versichert, daß es unter diesen Weltbezwingern auch Leute gab, die bis auf vierzig Thaler Einkünfte heruntergekomen waren, wie ich ehedem.

Wissen sie wol, fur ein Gelehrter fort, der von der Akademie der Aufschriften und schönen Wissenschaften war, daß Lukullus sich eine iede Abendmalzeit, die er im Sal des Apollo gab, neun und dreißig tausend, dreihundert und zwei und siebenzig Livres kosten ließ, den Livre nach unsrer Courautmünze gerechnet;

rechnet; daß hingegen Atticus, der epikurische Atticus für seinen Tisch auf den ganzen Monath nicht mehr als zweihundert fünf und dreißig Livres ausgab, den Livre nach dem leichten Fuß der Münze von Tours gerechnet.

Wenn das ist, versezte ich, so verdiente er der Bruderschaft von Lezine vorgesezt zu werden, die seit kurzen in Italien errichtet worden ist. Ich habe sowol als sie im Florus diese unglaubliche Anekdote gelesen; aber vermuthlich hat Florus niemalen beim Atticus gespeist, oder sein Text ist durch die Abschreiber verdorben, wie so viele andre. Florus wird mich niemals überreden, daß der Freund eines Cäsars, eines Pompeius, Cicero und Antonius, die oft bei ihm äßen, des Monaths mit etwas wenigern als zehn Louisd'or ausgekommen wäre. Hier ist also gerade eine Probe, wie man die Geschichte schreibt.

Madame, Andre nahm nun das Wort, und sagte zu diesem Gelehrten, wenn er ihr für zehnmal soviel iärlich ihren Tisch frei halten wollte, so werde er ihr ein großes Vergnügen machen.

Ich für mein Theil bin versichert, daß dieser Abend bei dem Herrn Andre soviel werth war, als ein Monath beim Atticus. Unsre Dames zweifelten auch, ob die Soupers in Rom angenehmer gewesen wären, als die Pariser. Wir unterhielten uns alle sehr angenehm, obgleich etwas gelehrt. Man sprach weder von neuen Moden, noch von dem Lächerlichen, was andre an sich hätten, noch auch aus der ärgerlichen Chronike der neusten Zeit.

Die Frage von der Ueppigkeit ward recht gründlich abgehandelt: Man fragte, ob in ihr die Ursach
vom

vom Umsturz des römischen Reichs liege, und es ward ausgemacht, daß der Fall, sowol des occidentalischen, als des orientalischen Kaiserthums den Controversien und den Mönchen zuzuschreiben sei. Und es ist in der That war, als Alarich Rom wegnahm, beschäftigte man sich mit nichts, als mit theologischen Streitigkeiten, und als Mahomed der zweite Constantinopel eroberte, so vertheidigten die Mönche mehr, die Ewigkeit des Lichts auf dem Berge Thabor, als daß sie an die Vertheidigung der Stadt gegen die Türken hätten denken sollen.

Einer von unsern Gelehrten machte eine Anmerkung, die mir sehr auffiel. Diese zwei große Reiche sagte er, sind zerstört, und die Werke eines Virgils und Horazes sind noch vorhanden.

Man ging mit einem Sprunge aus den Zeiten des Augusts in die Zeiten Ludewigs des vierzehnten. Eine Dame fragte, warum heutiges Tages keine wizige Schriften mehr herauskämen, da es doch an Genie noch nicht fele.

Herr Andre antwortete: das komme daher, weil man deren im vorigen Jarhundert verfertiget hätte. Dieser Einfall war fein, und auch war. Er ward untersucht. Man verfiel hierauf auf einen Schottländer, mit dem man sehr hart umging, weil er sich hatte einfallen laßen, Regeln des Geschmakke zugeben, und die vortreflichsten Stellen des Racine zu tadeln, ohne das Französische zu verstehn*). Man verfur noch viel härter mit einem Italiäner Namens Denina, der das Werk l'Esprit des loix angeschwärzt hat, ohne es zu verstehn, und der besonders

*) Herr Home, Oberrichter von Schottland.

ders daran tadelt, was man am meisten hochschäzt.

Dieses erinnerte die Gesellschaft, an die erzwungne Verachtung, welche Boileau gegen den Tasso merken ließ. Jemand von den Gästen meinte, daß Tasso mit seinen Fehlern eben so weit über den Homer sei, als Montesquieu mit seinen noch grössern Felern über das schlechte Zeug des Grotius. Man schalt auf solche unbillige Kunstrichter, die aus Nationalhaß und vorgefasten Meinungen urtheilen. Mit dem Herrn Dening ging man um, wie ers verdienet, und wie verständige Leute solchen Pedanten begegnen.

Man machte besonders die sehr feine Anmerkung, daß die meisten litterärischen Werke unsres Jarhunderts, und die meisten gelehrten Unterredungen, eine Untersuchung der Meisterstükke des vorigen Jarhunderts beträfen. Unser Verdienst ist das ihrige auseinander zu sezen. Wir sind wie enterbte Kinder, welche das Vermögen ihrer Väter überrechnen. Man gestand, daß die Philosophie grosse Schritte gethan habe, aber die Sprache und der Styl wären ein wenig verderbt worden.

Es geht fast in allen Gesellschaften so, daß man immer von einem aufs andre kömmt. Alle diese Gegenstände der Neugier, der Wissenschaft und des Geschmaffs verschwanden bald vor dem großen Schauspiele, welches die Rußische Kaiserin und der König von Polen der Welt geben. Man sagte, sie richteten die unterdrükkte Menschlichkeit wieder auf, sie fürten die Gewissensfreiheit in Länder ein, die von weit grössern Umfan-
ge

ge wären, als iemals das römische Reich gehabt habe. Man rümte, mit einem Lobe, das solche Thaten verdienen, diesen Dienst, der dem menschlichen Geschlechte erwiesen, bis Beispiel, das so manchen Höfen gegeben würde, die sich als Muster der Statskunst ansehen. Man trank auf die Gesundheit der Rußischen Kaiserin, des philosophischen Königes und des philosophischen Primas, und wünschte ihnen viele Nachommer. Der Doktor von der Sorbonne selbst bewunderte sie; Denn es ist nicht zu läugnen, daß in diesem Collegio einige Leute von gesundem Verstande sind; gab es doch wol wizige Köpfe unter den Böotiern.

Der Rußische Sekretair sezte uns in Verwunderung, als er uns alle die grossen und wichtigen Anordnungen erzälte, die man in Rußland machte. Man fragte warum man lieber die Geschichte Carls des zwölften läse, der in seinem ganzen Leben verwüstete, als die Geschichte Peters des großen, der in seinem ganzen Leben errichtete. Wir wurden einig, daß die Schwäche und der Geschmack an unnüzen Dingen die Ursachen dieses Vorzuges wären; daß Carl der zwölfte der nordische Don Quichote, und Peter der nordische Solon wäre; daß aber Leute, die nur alles oben hin ansehen, gemeiniglich dem ausschweifenden Heldengeiste den Vorzug vor den grossen Absichten eines Gesezgebers einräumen würn. Die Beschreibungen von der Grundlegung der Stat gefallen ihnen bei weiten so nicht, als ... genheit eines Mannes, der es mit seinen ... bedienten gegen zehntausend Türken aushielt;

und

und überhaupt suchen die meisten Leser mehr den Zeitvertreib, als den Unterricht. Man wird immer hundert Frauenspersonen finden, die tausend und eine Nacht lesen, gegen eine, die zwei Capitel aus dem Lock lieset.

Was vor viele gute Sachen mehr sprach man nicht bei dieser Malzeit, daran ich lange gedenken werde! Man mußte doch auch endlich etwas von den Schauspielern und Schauspielerinnen sagen, welches das ewige Gespräch bei der Tafel in Versailles und in Paris ist. Man gestand ein, daß ein Meister im Declamiren eben so selten sei, als ein Meister in der Dichtkunst. Das letzte war, daß einer von den Gästen den Dames ein artiges Liedchen vorsang; und damit ward der Abend beschlossen. Ich für mein Theil gestehe, daß der Schmaus des Plato mir nicht so viel Vergnügen gemacht haben würde, als ich hier bei dem Herrn und der Madame Andre genoß.

Unsre niedlichen Herrn, unsre Wizlinge, Stuzer und Stuzerinnen, würden dabei auffer Zweifel lange Weile gehabt haben. Sie wollen eigentlich die gute Gesellschaft sein, allein weder Herr Andre noch ich, pflegen in dieser guten Geschaft zu speisen.

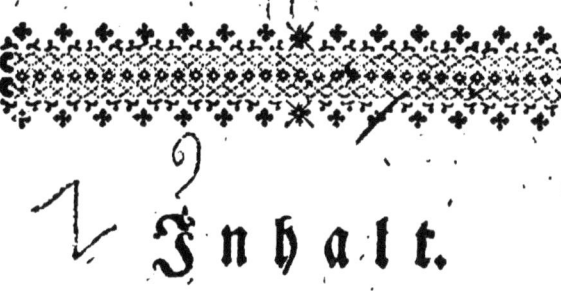

Inhalt.

Der Mann von vierzig Thalern. S. 3

Unglükk des Mannes von vierzig Thalern. 6

Unterhaltung mit einem Meßkünstler. 11

Begebenheit mit einem Carmeliter. 34

Audienz bey dem Herrn General-Controlleur.

Ein Schreiben an den Mann ... Thalern.

Neue Wehen, die durch die neuen S... men verursacht worden. (Diese... ne Stükk ist aus den Handschrif... nes alten Einsiedlers genom...

Heirath des Mannes von ... lern.

Der Mann von vierzig Thalern ist Vater
geworden; Dessen Gedanken über die
Mönche. 62

Von den Auflagen die an den Fremden bezalt werden. 72

Von den Verhältnissen 75

Von einer anstekkenden Krankheit. 85

Ein großer Zwiespalt. 95

Ein Bösewicht wird abgewiesen. 98

Der gute Verstand des Herrn Andre. 100

Von einem guten Abendbrode bey dem
Herrn Andre. 103